Über den Autor

Willy Viteka wird in Madrid geboren, wo er Kunst, Literatur und Musik studiert.

Seit seiner Kindheit reist er regelmäßig nach Mallorca, und im Laufe der Jahre wird die „Insel der Ruhe" zu seiner künstlerischen Heimat.

Sein Vater führt ihn schon früh in die Malerei, Photographie und Graphik ein. Bereits während seines Studiums hat er unter der Schirmherrschaft der UNESCO seine erste Ausstellung mit Gemälden, Zeichnungen und Skulpturen, die international Beachtung findet.

Nach Beendigung des Hochschulstudiums siedelt er nach London über und beginnt dort als Studiomusiker, Produzent, Musikverleger, Autor, Komponist und Redakteur bei mehreren internationalen Publikationsorganen der Branche zu arbeiten.

Seine Liebe zu Mallorca kommt in seinem literarischen Schaffen zum Ausdruck, autobiographischen illustrierten Erzählungen, von denen mehr als einhundert innerhalb und außerhalb Spaniens veröffentlicht werden.

Seine in verschiedenen Publikationen veröffentlichten zahlreichen Photographien von Mallorca finden in mehreren Ländern Verbreitung.

Seine Balearen-Kalender wurden von der Regionalregierung der Balearen herausgegeben.

MALLORCA
Geliebte Insel

Unvergessliche Geschichten

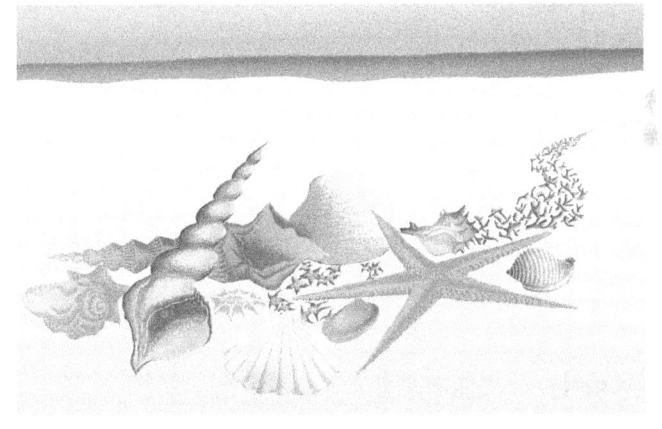

Erzählungen und Zeichnungen von Willy Viteka

© Willy Viteka

Erstausgabe: 2019
978-3-7469-8451-3 (Paperback)
978-3-7469-8452-0 (Hardcover)
978-3-7469-8453-7 (e-Book)

Erzählungen und Illustrationen: Willy Viteka
Gestaltung des Buchumschlages: Olivia Viteka
Verlag & Druck: tredition GmbH, Hamburg

Inhalt

Die Ensaimada

Meine erste Reise nach Mallorca, der Insel der Ruhe, machte ich als Kind Anfang der fünfziger Jahre. Es sollte nicht nur für mich ein aufregendes und unvergessliches Abenteuer werden! Vom Madrider Stadtteil Chamberí in das ferne, paradiesische Mallorca zu gelangen, aus irgendeinem mir damals undurchschaubaren Grund von meinen Eltern die Insel der Ensaimada genannt, gestaltete sich als Großereignis für die ganze Familie, für Freunde und für Nachbarn. In jenen Jahren war es noch nicht möglich, innerhalb von Sekunden per Kreditkarte ein elektronisches Ticket zu lösen, in Madrid-Barajas ein Flugzeug zu besteigen, nach knapp fünfzig Minuten auf Mallorca in Son Sant Joan zu landen und sich sogleich in die kristallklaren Fluten an den Küsten von Mallorca zu stürzen. So eine Reise dauerte einst einen ewig langen Tag im Zug und eine anstrengende Nacht auf der Fähre, alles zusammen so um die vierundzwanzig Stunden. Am Abend vor unserer Abreise lud mein Vater seine Freunde zu einem kleinen Abschiedsfest in die Stammkneipe um die Ecke ein. Im Laufe dieser beschwingten Feier bedachten ihn seine Kumpel mit einem Rettungsring aus Kork, auf dessen weißem, imprägniertem Segeltuch die Aufschrift TITANIC in Großbuchstaben prangte. Mein Vater musste seinen Freunden hoch und heilig versprechen, diesen Rettungsring auf keinen Fall vor dem allfälligen Landgang in Mallorca loszulassen. Und er, der ein Ehrenwort und einen Spaß gleichermaßen ernst nahm, trennte sich sehr zum Leidwesen meiner Mutter auf unserer Überfahrt tatsächlich keinen Augenblick von seinem Korkreifen.

An einem schwülen Julimorgen stiegen wir am Bahnhof Atocha in den Zug, liebevoll eskortiert von den in Bataillonsstärke präsenten Gefährten, die uns direkt am Trittbrett Adieu sagen wollten, als ob wir nach Amerika auswandern würden. In der Kuppel der Bahnhofshalle staute sich der beißende Rauch der Dampflokomotiven, und von den Bahnsteigen stiegen die Ausdünstungen all der Menschen auf, die sich dort zur Verabschiedung ihrer Lieben drängten. Mir schien es, als wären für jeden Reisenden jeweils mehrere Dutzend Leute aller Altersklassen gekommen, um eine gute Reise zu wünschen, und die Anzahl der zum Winken hervorgeholten weißen Taschentücher war größer als bei einem Stierkampf an San Isidro . Mit Abfahrt des Zuges leerten sich die Bahnsteige, die Tränen trockneten und die Taschentücher verschwanden aus unserem Blickfeld.

Von klein auf hasste ich Zug fahren, diese elenden Kisten auf Rädern, heiß wie ein Ofen im Sommer und eisig wie ein Gefrierschrank im Winter, mit ihrem typischen Mief nach Alt und den obligatorischen Verspätungen! Züge nervten mich mit ihrem ewigen tatak,... tatak,... tatak, dem ständigen Klackern der Räder auf den Schienenfugen. Ein Geräusch, das mich hartnäckig um jeden Schlaf brachte. Mein Vater dagegen schlief sofort tief ein, kaum dass er sich auf seinem Platz installiert hatte, und schnarchte solange, bis der Zug in einen Bahnhof einfuhr. Diesmal war ich erleichtert, denn die Tortur der Bahnfahrt sollte ja schon in Valencia enden, am Meer, dem Ziel all meiner Träume. Es war schon seltsam: Eine unbekannte Macht zog mich hin zu diesem Ozean, obwohl ich in Madrid, mitten in der kastilischen Hochebene, geboren war und das bisschen Wasser, das ich bis dahin kannte, nur das mickrige Rinnsal des Manzanares-Flusses und der seichte Weiher im Retiro-Park in der spanischen Hauptstadt waren. Am Sonntagnachmittag mit meinem Vater auf dieser trüben Pfütze Ruderboot zu fahren, war für mich das höchste der Gefühle, und in meiner Phantasie war ich Kolumbus bei der Überquerung des Atlantiks.

Spät am Nachmittag kamen wir endlich am Hafen von Valencia an, und ich war noch aufgeregter als am Weihnachtsabend in Erwartung der Geschenke. Die großartigen Schiffe mit ihren überdimensionalen Masten und Takelagen fesselten meine Blicke. Das einzige Schiff, das ich bis dahin gekannt hatte, war das kleine Segelboot, mit dem ich zuhause durch die Wellen und Stürme meiner Badewanne gefahren war.

Mit geschlossenen Augen atmete ich den einzigartigen, betörenden Duft nach Meer ein, der mich wie ein magisches Elixier von exotischen Stränden hinter dem Horizont träumen ließ, an dem der Vollmond langsam aufging.

 Auch ein weißer Ozeandampfer mit seinem riesiggroßen, rauchenden Schlot, seinen roten Rettungsbooten und den unzähligen Bullaugen machte großen Eindruck auf mich, und obwohl er bestimmt schon ein halbes Jahrhundert lang die Wogen des Mittelmeers durchpflügt hatte, war er doch allem Anschein nach das modernste Dampfschiff im Hafen. Und wenn er es doch nicht war, so hatte er wenigstens den größten Schornstein.

Zu meinem großen Bedauern konnte ich das Geheimnis des rätselhaften Gebäcks namens ensaimada nicht gleich lüften. Denn meine Mutter, bleicher als eine Heilige auf einem Gemälde von Murillo, hatte ein großes Glas Wasser mit einem Schlafmittel und einer Pille gegen die Übelkeit eingenommen. Sie packte mich am Arm und zog mich energisch und ohne viel Federlesen in unsere Kabine.

Grundsätzlich verabscheute sie alle Schiffe und die darauf häufig grassierende Seekrankheit. Ihrer Meinung nach konnte man eine solche Überfahrt wie die unsere nur im Zustand der Bewusstlosigkeit überstehen, also schlafend. Sie legte sich in ihre Koje, steckte den Kopf unter die Kissen und war dank der eingenommenen Tabletten im Nu im Reich der Träume verschwunden.

Aber ich wollte nichts von dem prächtigen Wellengang draußen verpassen, und am wenigsten die tollen Kapriolen unserer Fähre mitten im großen Meer. Ich war gespannt auf ein unvergleichliches Abenteuer. Nur einmal hatte ich schon so etwas ähnliches erlebt, allerdings in einer eher abgespeckten Variante, auf dem Rummelplatz beim San Isidro-Fest in Madrid, als ich Schiffschaukel fahren durfte. Vor allem musste ich jetzt, egal wie, so schnell wie möglich zurück in die Bar, um die süße Versuchung zu verschlingen, die in der Vitrine tanzend auf mich wartete.

Mit kindlichem Übermut dachte ich, die Kulisse mit den riesigen Wellen und dem stampfenden Schiff, das eigentlich in jedem Moment in den Fluten versinken konnte, sei speziell für mich, zu meinem ganz persönlichen Vergnügen inszeniert worden, ensaimada inbegriffen.

Es schien, als ob alle Passagiere und Besatzungsmitglieder vom Schiff verschwunden wären. In Wahrheit kämpften die Armen auf Toiletten, in Kabinen und im Schiffsbauch mit einer abscheulichen Übelkeit, ekelhaftem Brechreiz und gewaltigem Bauchgrimmen.

Kaum war meine Mutter wie ein Murmeltier eingeschlafen, kramte ich allem Geschlinger zum Trotz den Rucksack mit meinen Badesachen für den Strandeinsatz unter der Koje hervor. Darin hatte ich eine Holzschaufel, einen Blecheimer und einen Rettungsring in Form einer Gummiente verstaut. Aus voller Lunge blies ich die Ente auf, zog sie mir über den Bauch und war überzeugt, damit bald genüsslich die schönsten Wellenberge abreiten zu können.

Völlig aufgeregt rannte ich damit durch die schmalen Gänge in Richtung Bar, wobei ich ziemlich unfreiwillig wie eine Kickerkugel von einer Wand zur anderen geworfen wurde, während mir beim bloßen Gedanken an die auf mich wartende "ensaimada" das Wasser im Munde zusammen lief.

Trotz des entsetzlichen Stampfens des Schiffes blieb ich wie angewurzelt stehen: Die "ensaimada" war aus der Vitrine verschwunden! Nur der leere Teller rutschte im Takt der Wellenberge immer noch von einem Ende des Glasschrankes zum anderen. Hatte ich vielleicht alles nur geträumt? Der Kellner war auf einmal auch von der Bildfläche verschwunden. Mein Vater allerdings hing nach wie vor fest vor Anker. Er schnarchte aus vollem Halse und hatte den Kopf mitsamt seinem Rettungsreifen auf die Bartheke gebettet. Ich musste mich mehrmals kneifen, um festzustellen, dass ich tatsächlich nicht träumte oder gar schlafwandelte.

Vor Beginn unserer Reise hatten mir meine Eltern erklärt, dass wir unsere Ferien auf der fernen Insel der ensaimada verbringen würden. Und jetzt, je näher ich dieser Insel kam, wirbelten und spukten immer mehr Trugbilder über dieses mysteriöse Gebäck durch meinen kleinen Kopf. Schlimmer noch: Ich hatte ganz kurz ein Exemplar zu Gesicht bekommen, ohne es anfassen oder schmecken zu dürfen, und allein der Gedanke an die wie durch Zauberhand verschwundene ensaimada reichte aus, um in meiner ausufernden Phantasie die tollsten Hirngespinste und fabelhaftesten Vorstellungen herauf zu beschwören: Ich stellte mir Mallorca als ein Schlaraffenland vor, in dem ensaimadas auf Bäumen mit Blättern aus Zuckerwerk gezüchtet wurden, oder als eine gigantische ensaimada, die frei auf dem Meer schwamm.

Durch die Bullaugen erspähte ich Wellenkämme, die wie prächtige Märchenschimmel glänzten, und schwarze Schlünde, die das Schiff in die dunklen Abgründe des Ozeans hinunterziehen wollten. Hoch oben erschien dazu ein unbeirrbarer Mond zwischen silbergrauen Wolken, er hatte sich in eine phosphoreszierende ensaimada verwandelt.

In meiner Verzweiflung robbte ich immer wieder in alle Ecken der Bar. Meine ängstliche Suche machte auch vor dem dort aufgestellten Mülleimer nicht halt: ich stülpte ihn um und beschnupperte jede einzelne Papierserviette, die mir entgegenfiel, ohne auch nur eine einzige Spur oder einen Hinweis auf die ensaimada darin zu finden.

Traurig und enttäuscht kroch ich unter Tischen und Sesseln hindurch bis zu einer Ecke mit einer großen Luke, von wo aus ich mich wenigstens mit dem Anblick der hypnotisch leuchtenden ensaimada trösten konnte, die durch den Nachthimmel über dem Mittelmeer tanzte.

Der Wind aus dem Golf von Lyon peitschte die Wellen immer wieder zu haushohen Brechern auf und ließ sie wütend auf unsere Backbordseite knallen. Der Dampfer ächzte, stöhnte und krachte in allen Fugen, er war wie ein Papierschiffchen zum Spielball der mächtigen See geworden.

Die Wogen hoben ihn hoch und ließen ihn fallen, balancierten ihn kurz aus und stürzten sich dann mit voller Wucht auf das Deck, und der Schaum lief an den Luken herab wie beim Sichtfenster einer Waschmaschine, obwohl mich die Spritzer mehr an einen Milchshake erinnerten. Der Mond, in eine himmlische ensaimada verwandelt, hüpfte wie ein Jojo schwindelerregend auf und ab und verwirrte mich derart, dass ich darüber sogar meine Schwimmente vergaß und was ich mit ihr vorgehabt hatte.

Schrille Schreie aus dem Unterdeck holten mich unsanft zurück aus meinem Traum vom ensaimada-Mond. Das Gekreische wurde immer lauter, als der Koch mit einem überdimensionalen Teigroller bewaffnet auf allen Vieren die Treppe herauf gekrochen kam, gefolgt vom Küchenjungen, der einen Topfdeckel als Schutzschild auf seinen Kopf presste. Keuchend und mit vor Entsetzen weit aufgerissenen Augen schrieen beide aus vollem Hals: "Pferde, Pferde, die Pferde kommen!"

Tatsächlich hörte man kurz darauf, durch die dröhnende Kakophonie der Stimmen und des Sturms hindurch, ein ohrenbetäubendes Gewieher und das in dieser Umgebung verwunderliche Geklapper von Hufen. Der Koch und sein Lehrling setzten in panischer Angst über den Tresen der Bar und äugten vorsichtig dahinter hervor.

Plötzlich erschienen unter lautem Getöse zwei zügellose Pferde. Sie hatten sich ihrer Fesseln entledigt, waren aus dem Laderaum geflüchtet und auf das Unterdeck und in die Küche gestürmt. Dort hatten sie ein heilloses Durcheinander angerichtet und absolutes Chaos verursacht. Die durchgegangenen Gäule, Schaum vor den Nüstern wie die wütenden Wellen draußen, setzten über die Sessel und sprangen zwischen den Tischen des Salons hin und her. Und ich, in meiner Ecke, schaute fasziniert diesem surrealen, verrückt gewordenen Karussell zu.

Genau in diesem Augenblick wachte mein Vater an seinem Ankerplatz auf und überprüfte in Anbetracht des außergewöhnlichen Schauspiels diskret die Cognacflasche in seiner Jackentasche. Zweifellos erwog er für einen Moment, ob er vielleicht doch etwas zuviel davon erwischt hatte.

Nachdem die beiden Pferde praktisch das gesamte Mobiliar zertrümmert hatten, machten sie sich wiehernd und schnaubend über die Treppe zurück nach unten davon. Fast gleichzeitig hatten der Koch und sein Lehrling die irrwitzige Bühne verlassen und sich in Luft aufgelöst. Durch die wilde Bearbeitung durch Hufschläge und das Anrennen der Pferde von ihren Befestigungen am Boden befreit, schienen sich die Sessel in rasende Autoscooter verwandelt zu haben, ein Vergnügen, das mir immer schon auf Volksfesten so gefallen hat. Angetrieben von den bösen Schlingerbewegungen unseres Schiffes sausten sie im Zickzackkurs über das Parkett des Salons. Ohne groß zu überlegen, warf ich mich auf den erstbesten dieser fahrenden Polsterstühle. Aber der erste Zusammenstoß mit einem anderen Möbelstück war so heftig, dass ich aus meinem Sessel katapultiert wurde, bäuchlings über einen noch verankerten Tisch rutschte und von dort aus kopfüber auf dem Boden landete. Bevor ich das Bewusstsein verlor, stach mir die Silhouette der phosphoreszierenden ensaimada durch das Bullauge ins Auge und ich sah, wie sie sich über meinen peinlichen Sturz halb tot lachte.

"Wach' auf, wach' auf, wir sind gleich in Mallorca!", hörte ich meinen Vater rufen, während er mir sanft die Wangen tätschelte. Verwirrt öffnete ich die Augen, meinte aber immer noch zu träumen, denn ich fand mich in der Koje in unserer Kabine wieder, die aufgeblasene Gummiente zu meinen Füssen.

Seinen Rettungsring nach wie vor um den Hals, zwinkerte mir mein Vater hinter dem Rücken meiner Mutter unauffällig zu, die sich gerade zurechtmachte. Dieses Augenzwinkern war unser abgemachtes Zeichen, wenn es um Geheimnisse nur zwischen ihm und mir ging. Ziemlich verdattert merkte ich, dass unser Schiff, die „Rey Jaime", nicht mehr von einer Seite auf die andere rollte. Meine schmerzhafte Beule am Kopf war dennoch Beweis genug, dass ich die vergangene Nacht nicht hier auf diesem Bett verbracht und von magischen ensaimadas, Riesenwellen und wild gewordenen Pferden nur geträumt hatte.

Um unbequemen Fragen meiner Mutter aus dem Weg zu gehen, deckte ich schnell meine Blessur mit dem Strandhut zu und streifte mir meine Gummiente über den Bauch, um das Ablenkungsmanöver noch etwas zu vervollkommnen.

Dann erklomm ich mit meinen Eltern voller Erwartung das Deck, wo sich gerade mehrere seekranke Passagiere krümmten und über die Reling beugten, um geräuschvoll „die Möwen zu füttern".

Wie von Zauberhand waren Wind und Wellen verschwunden, und das Meer breitete sich im Licht eines herrlichen Sommersonnenaufgangs als schimmernde Schale vor uns aus, wo ganz ab und zu die silbrig glänzenden Leiber eines Schwarmes fliegender Fische die glitzernde Oberfläche durchbrachen.

Vom Bug aus erkannte man die spektakuläre Westküste Mallorcas, mit der imposanten Silhouette der Insel Dragonera an ihrem äußersten westlichen Ende. Aber so sehr ich den Horizont wie der "Letzte Mohikaner" aus einem Wildwestfilm auch absuchte, ich konnte keine einzige ensaimada am Ufer entdecken. Nur die llaüts, die typischen Fischerboote aus Mallorca, durchpflügten mit ihren schneeweißen Segeln das ruhige, türkisblaue Wasser.

Als wir uns dem Hafen von Palma näherten, beeindruckten mich die sagenumwobene Burg von Bellver und die unvergleichliche, scheinbar direkt am Ufer klebende Kathedrale. Allein, es gab immer noch keine einzige Spur oder irgendeinen Hinweis auf die Existenz einer ensaimada.

Kaum spürten wir feste Mallorquiner Erde unter den Füßen, ließ mein Vater einen Träger herbeirufen, dem er zunächst unser Gepäck auf seinem Karren anvertraute, sogleich aber auch Anweisung gab, uns "mit Rückenwind und vollen Segeln" in die Bar am Hafen zu lotsen, nicht ohne vorher dem perplexen Kofferkuli feierlich den immer noch um seinen Hals hängenden "Titanic"-Rettungsring zu überreichen.

Meine Mutter, sichtlich über das Verschwinden des verflixten Accessoires erleichtert, und ich, immer noch auf der Hut wegen meiner Beule, die mir ordentliches Kopfweh bereitete, nahmen auf der Terrasse einer Bar gegenüber der Mole Platz, während mein Vater im Inneren der Kneipe verschwand, wo Fischer und Mitglieder der Guardia Civil dicht gedrängt standen und lauthals über die Ereignisse beim letzten Stierkampf diskutierten. Nach kurzer Zeit erschien mein Vater wieder, mit einem breiten Lächeln drei Teller balancierend. Als ich sie entdeckte, gingen mir die Augen über und das Wasser lief mir im Munde zusammen: Auf zwei Tellern befand sich je eine ensaimada, auf dem dritten sogar zwei, eine auf der anderen. Er streckte mir diesen Teller entgegen und sagte mir mit seinem besonderen Augenzwinkern: "Die untere ensaimada ist der Nachtisch von gestern Abend, und die obere ist dein erstes Frühstück auf Mallorca."

 Ich erinnere mich noch gut an die erste Kostprobe dieser himmlischen Versuchung und weiß auch noch genau, wie diese unvergleichlich süßen Stücke eines nach dem anderen in meinem Mund zergingen und ich zum Schluss die letzten Spuren des Puderzuckers mit dem Finger vom Teller tupfte. Nie werde ich diese Momente des Glücks vergessen: Endlich war ich angekommen in Mallorca, an der Küste des von mir so sehnsüchtig herbeigewünschten Mittelmeers, und an meinem Gaumen schmolz eine ensaimada !

 In den Ferien auf der Insel machte es mir nie etwas aus, früh aufzustehen und für meine morgendliche ensaimada bis zur einzigen Bäckerei in Cala d'Or zu laufen. Allzu viele buk dieser Bäcker nicht, und wenn ich zu spät aufstand, konnte es mir passieren, dass die Vitrine leer war. Allein schon die Vorstellung einer Vitrine ohne ensaimada löste bei mir seit der ersten Überfahrt nach Mallorca eine ausgewachsene Panik aus. Wenn es aber doch irgendwann so kam, und mein Lieblingsgebäck ausverkauft war, dann strampelte ich wie ein Verrückter die fünf Kilometer bergauf bis zum nächsten Bäcker in Calonge, oder auch bis zum übernächsten in S'Horta. Manchmal musste ich sogar bis nach Felanitx, in die berühmte Konditorei "Forn de Can Vica", das war dann schon fast ein Marathon von 40 km für die Hin- und Rückfahrt, und alles nur für eine einzige "ensaimada"!

Selbstverständlich packte ich vor meiner Rückkehr nach Madrid immer meinen Koffer bis zum Bersten mit achteckigen Schachteln mit Creme oder Engelshaar gefüllter ensaimadas voll.
Wehmütig erinnerte mich daheim in Madrid jeder Bissen davon an meine glücklichen, unbekümmerten Tage auf Mallorca. Mit jeder ensaimada-Schachtel, die ich mir auch heute noch von der Insel mitnehme, begleitet mich immer ein innig geliebtes Stück Mallorca zurück nach Hause.

Mallorcas Meer

Schon in frühester Kindheit fühlte ich mich vom Meer über die Maßen angezogen, habe aber schlichtweg keine Ahnung, von wem oder woher ich das habe. Keiner meiner Vorfahren hatte irgendeine Verbindung zu Seefahrt, Fischerei oder Marine. Zudem kamen meine Eltern am Fuße der österreichischen Alpen und am Ufer der Donau zur Welt und wuchsen dort auch auf.

Meine Großeltern und Urgroßeltern, von Beruf Archäologen, Paläontologen und Speläologen, verbrachten einen Großteil ihres Lebens damit, in Ruinen, Höhlen und Bergen Bruchstücke der Vergangenheit zu suchen, auszugraben und zutage zu fördern, oder in ein Meer verstaubter Bücher, Landkarten und Handschriften einzutauchen. Dabei verloren sie natürlich nie den Boden unter den Füßen, auch wenn dieser bisweilen nicht ganz fest war.

Was mich betrifft, so wurde ich an dem am weitesten vom Meer entfernten Punkt der Iberischen Halbinsel geboren, nämlich mitten auf der kastilischen Hochebene im Madrider Stadtteil Chamberí. Das Einzige, was mich dort als Kind mit dem fernen und märchenhaften Meer verband, waren die Sardinen und kleinen und großen Seehechte, die erstarrt auf einem Bett aus zerstoßenem Eis am Fischstand auf dem Markt ausgestellt waren, dekoriert mit Farnblättern, um den Eindruck von Frische zu erwecken, während sie geduldig ganze Schwärme von Fliegen auf ihren Schuppen ertrugen, sowie die unvermeidlichen in Essig eingelegten Sardellen, die in der Kneipe auf der anderen Straßenseite leblos in einer flachen Schale lagen und noch bleicher waren als die Gesichter auf einem Gemälde von El Greco.

Einmal im Jahr präsentierte sich das Meer in seiner durch den Menschen pervertierten Form in den Straßen Madrids, nämlich am 18. Juli, und zwar in Form unzähliger frisch gebügelter weißer Uniformen, die auf dem nahen Paseo de la Castellana paradierten. Auf allen Vieren zwischen den Beinen der Zuschauer hindurchkriechend, bahnte ich mir einen Weg in die vorderste Reihe, doch so sehr ich meine Nase auch anstrengte, die makellose Kleidung der Kadetten der Kriegsmarine verströmte weder den Geruch von frischem Fisch noch den Duft des Meeres, wie ich ihn mir vorstellte. Vielmehr schlug mir eine üble Wolke von durchaus bekanntem und sehr „terrestrischem" Schweißgeruch entgegen, die mir den Atem raubte.

Mir blieb also nichts anderes übrig, als weiter den Ferientag herbeizusehnen, an dem ich – an einem jener wunderbaren Strände von Cala d´Or - zum ersten Mal Mallorcas Meer an meinen Kinderfüßen spüren sollte.

Bevor ich jedoch das Traumziel meiner Sommerfrische erreichte, musste ich erst eine quälende und mühsame Tagesreise im Zug von Madrid nach Valencia und eine schier unendliche und bewegte nächtliche Überfahrt per Schiff über mich ergehen lassen und schließlich drei Stunden die Stöße und das Schaukeln und Ruckeln von „La Exclusiva" ertragen, jenem vorsintflutlichen Bus, der die einzige Verbindung zwischen der legendären Bar Avenidas in Palma und dem abgelegenen – und damals kaum bekannten – Cala d´Or an der weit entfernten Costa de Llevant bediente. Trotz der unbequemen Fahrt über staubige, nicht asphaltierte Landstraßen mit kleinen und großen Schlaglöchern und verwirrt umherlaufenden Hühnern, denen der Fahrer auszuweichen versuchte, Straßen, auf denen kaum Verkehr herrschte, abgesehen von dem einen oder anderen Eselskarren oder einem einsamen Bauern, der gemächlich in die Pedale seines klapprigen Fahrrads trat, war die Reise an Bord dieses überladenen Ungetüms unterhaltsam. Ich fragte mich aber ein ums andere Mal, wo denn das Meer sei. Außer während des kurzen Aufenthalts im Hafen, als ich noch etwas verschlafen und seekrank war, hatte ich kaum erkennen können, dass ich am Meer war, und nun, vom Autobus aus, sah ich nur trockene Felder und in der Ferne ein paar Berge. Durch das ständige Geschaukel fühlte ich mich wie in einem Sturm auf hoher See und nicht wie mitten auf der Insel Mallorca, die mich ihren Staub schlucken ließ.

In jedem Dorf kündigte „La Exclusiva" die schon erwartete Ankunft mit Pauken und Trompeten, sprich: mit einem ohrenbetäubenden Hupkonzert, an. Dieses endete erst „nach Erreichen der Parkposition und Abschalten der Triebwerke" auf dem Hauptplatz vor dem Wirtshaus und gegenüber der Kirche. Dort waren die Einheimischen schon voller Erwartung versammelt und drängten sich sogleich mit lautstarker Geschwätzigkeit um das Gefährt. Mit den Reisenden trafen die neuesten Nachrichten und Klatschgeschichten aus Palma ebenso ein wie die Post, die Zeitungen sowie alle möglichen Waren und sogar Tiere, die auf dem Dach des Busses verstaut waren.

Mir schien es, als sei dieses historische Vehikel die Nabelschnur, die diese verschlafenen Dörfer mit der damals noch so fernen und von vielen Inselbewohnern als „Nabel der Welt" empfundenen Hauptstadt verband. Mit jedem Halt sank die Zahl der mit der schaukelnden und hupenden „La Exclusiva" weiterreisenden Passagiere, und je weiter wir uns von Palma entfernten, desto kleiner wurden sowohl die Dörfer als auch meine Hoffnung, jemals in Mallorcas Meer hineinspringen zu können.

Die Fahrt mit der betagten „La Exclusiva" von Palma nach Cala d´Or wurde in meiner Fantasie allmählich zu einer Seereise bei Sturm in einer Nussschale. Außerdem war sie nicht nur von Schaukeln und Schütteln begleitet, sondern auch von stickiger Hitze, denn sie fand während der heißesten Stunden des Tages statt, wobei die Abfahrt vor der „Bar Avenidas" planmäßig um halb drei Uhr nachmittags erfolgte und die voraussichtliche Ankunft in Cala d´Or „abhängig vom Wind" für ungefähr halb sechs Uhr vorgesehen war. Meiner Meinung nach wäre es um diese Tageszeit besser gewesen, unter einer Pinie an der Küste von Mallorcas Meer eine Siesta zu halten, als sich in einem eingestaubten Backofen auf Rädern weich kochen und durchschütteln zu lassen.

Als sich der Bus in Calonge, dem allem Anschein nach letzten Halt vor unserer Ankunft in Cala d´Or, in Bewegung setzte, waren meine Eltern und ich die letzten Passagiere, die sich noch an den rissigen und arg strapazierten Ledersitzen festklammerten. Ganz benommen vom Geklapper unseres Gefährts, begann ich mir zu diesem Zeitpunkt vorzustellen, dass ich wohl nie das Meer, sicher aber so etwas wie das Ende der Welt aus der Nähe zu sehen bekommen würde. Der einzige Hoffnungsschimmer, der mir noch blieb, war die Tatsache, dass „La Exclusiva" rundum blau lackiert war, und das musste doch eine Bedeutung haben und in irgendeinem Zusammenhang mit der Endstation der Reiseroute stehen: Mallorcas Meer.

Während wir bergab fuhren und eben das letzte Haus von Calonge hinter uns gelassen hatten, lag plötzlich und wie von Zauberhand von einem Ende des Horizonts bis zum anderen das heiß ersehnte Meer vor uns.

Meine Eltern brachen in Ausrufe des Entzückens und der Erleichterung aus, während ich mit offenem Mund dasaß und mich in den Arm kniff, um sicher zu sein, dass ich nicht träumte. Das Meer glänzte unter der sengenden Sonne in intensivem Blau, und in der Ferne leuchteten aus dem kräftigen Grün üppiger Pinien als vereinzelte weiße Farbtupfer die wenigen Chalets – in dem für Ibiza typischen Baustil - hervor, aus denen diese Oase des Friedens und der Beschaulichkeit namens Cala d´Or zur damaligen Zeit bestand, „erfunden" und gegründet durch Pep Costa, einen von Ibiza stammenden Journalisten und Karikaturisten.

Den Blick fest auf das fesselnde Blau des Meeres gerichtet und hypnotisiert von der großartigen Szenerie, bemerkte ich nicht einmal mehr die ungeheuerlichen und unablässigen Stöße, Schaukelbewegungen und Schläge, mit denen uns „La Exclusiva" auf den letzten vier Kilometern bis Cala d´Or malträtierte, wobei sie mit lautem Geklapper den engen und einsamen Weg entlang schwankte, der mit Schlaglöchern, Rinnen und Steinbrocken übersät und zu beiden Seiten von Trockensteinmauern eingefasst war, zwischen denen sie gerade so hindurchkam.

Nie werde ich jenen Sommer-Nachmittag vergessen, an dem ich am Ende einer anstrengenden Reise endlich am „Caló de ses Dones" stand, wie die Cala Petita von Cala d´Or damals hieß.

Ich sog den unvergleichlichen, salzigen Duft des Meeres mit tiefen Atemzügen ein, wie ein eben aus dem Wasser gezogener Fisch. So sehr hatte ich diesen Moment herbeigesehnt, dass ich nicht bereit war, auch nur eine Sekunde an Trivialitäten wie das Suchen und Anziehen der Badehose zu verschwenden. Splitternackt rannte ich wie der Teufel ans Ufer, und nach ein paar ekstatischen Hüpfern meereinwärts stürzte ich mich kopfüber in die Fluten, wobei mein Kopf auf dem sandigen Grund landete und ich, die Füße in der Luft, abrupt gebremst wurde. Dieser Salto mit improvisiertem Abpraller war meine persönliche Reverenz ans Meer und inspiriert von der eleganten Akrobatik der Delphine, die ich in einem Dokumentarfilm im Kino unseres Stadtviertels gesehen hatte. Unter ästhetischen Gesichtspunkten glich meine Begrüßungszeremonie zweifelsohne eher dem Hüpfen eines Froschs als den Sprüngen der Meeressäuger.

So gefesselt war ich vom ruhigen und kristallklaren Meer Mallorcas,

dass ich kaum die Handvoll einheimischer junger Mädchen wahrnahm, die wenige Schritte vom Ufer entfernt badeten, wo ihnen das Wasser höchstens bis zur Hüfte reichte. Unter Lachen und fröhlichen Rufen, die ich nicht verstand, vergnügten sie sich damit, sich gegenseitig mit Wasser zu bespritzen. Sie trugen knöchellange Kleider und als Kopfbedeckung breitkrempige Strohhüte. Ihnen – und erst recht mir – entging damals noch, welche sinnliche und erotische Ausstrahlung ihre Silhouetten hatten, als sie dem Meer wieder entstiegen. Die Kleider aus dünnem Stoff, die sich nass an ihre anmutigen Körper schmiegten, verliehen diesen „ländlichen Schönheiten" mehr Sexappeal, als ihn irgendeines der heutigen, nur mit einem Tanga „bekleideten" Models je haben wird.

Einmal in die Fluten eingetaucht, paddelte ich umher wie ein Hund, und wenn ich dabei Wasser schluckte, störte mich das so gut wie gar nicht, denn diese salzigen Schlucke waren für mich eine Art Taufritual mit Meerwasser, das sich immer und immer wieder vollzog. Als kleiner Junge blieb ich stundenlang im Wasser, als sei dies mein natürliches Element, und nichts konnte mich bewegen, es zu verlassen, nicht einmal solche Lockmittel wie eine noch ofenwarme ensaimada , ein pa amb oli oder eine Scheibe Brot mit sobrasada .

Auf den Felsen sitzend, schaute ich unzählige Stunden in Gedanken versunken aufs Meer, das im Norden von Sa Punta Grossa, dessen Silhouette einem ins Wasser eintauchenden Riesenkrokodil ähnelt, und im Süden von der oben abgeflachten Punta d´es Fortí eingerahmt war. Dort, inmitten dieses Blaus mit seinen tausend Nuancen, konnten sich meine Träume und Fantasien frei entfalten, und indem ich im Geiste meine Bahnen durch das Nass zog, verwandelte ich mich in einen Nachfahren Neptuns, umgeben von Sirenen, Delphinen, Schildkröten, Thunfischen, Gelbschwanzmakrelen, Goldmakrelen, Ringelbrassen, Zackenbarschen, Tintenfischen, Muränen und fliegenden Fischen, die mir Jahre später wieder Gesellschaft leisten sollten, wenn ich – auf Boots- oder Angeltour – auf Mallorcas Meer unterwegs war.

Spuren im Sand

In den unbeschwerten Tagen meiner Kindheit war der weite Strand in der Bucht von Alcúdia, im Norden Mallorcas, ein wahres Refugium. Damals hatte der Massentourismus die Insel auch noch nicht erreicht. Frei und ausgelassen konnte ich auf vielen Kilometern jungfräulichem Strand laufen, herumspringen, faul auf dem Sand liegen, rennen oder einfach spielen, und das Meer schmeckte noch nach Salz und Algen statt nach Sonnencreme und Pipi. Ich fühlte mich im Garten Eden.

Auf der einen Seite verlor sich das türkisblaue Wasser im unendlichen Horizont und lockte mit seinen unermüdlichen Wellen Zaubermelodien hervor, die meine kindliche Phantasie beflügelten. Auf der anderen glänzte das strahlende Goldgelb des Sandes mit seinen Dünen, und gleich dahinter die vom Menorca-Wind zerzausten und durchgekämmten Pinien, der staubige und einsame Weg zum Hafen von Alcúdia und die fabelhafte Albufera. Das Reich der wunderlichsten Zugvögel, Frösche, Grillen und verwunschenen Aale, der betörenden Nymphen und sämtlicher nächtlichen Geister öffnete sich vor mir. Aber das ist eine andere Geschichte...

Ich eiferte Robinson Crusoe nach, meinem gefeierten Helden, und ahmte oft den einsamen Schiffbrüchigen bei seinen Abenteuern auf der fernen Südsee-Insel nach. Als einziges sommerliches Kleidungsstück trug ich dazu nur einen ausladenden Strohhut, wie ihn die Bauern auf der Insel benutzen, mit ausgefransten Rändern und viel zu groß für meinen kleinen Kinderkopf. Mit diesem Ungetüm auf dem Schädel erschien der Schatten, den ich auf den Sand zeichnete, wie die Silhouette eines Marsmännchens, das auf den Dünen seines Planeten herumhüpft. Bei meinen Streifzügen über den Strand begleiteten mich stets nur meine zwei wertvollsten Habseligkeiten: Die oxidierte Messingschaufel mit ausgebleichtem Holzgriff und ein Blecheimer, in dem ich meine geliebten Muscheln und Schnecken hortete.

An diesem verlassenen Strand konnte ich stundenlang spielen und sinnverloren träumen. Unendliche Zeit verbrachte ich mit Muschelsuchen oder Sandburgenbauen und erzählte dabei mit lauter Stimme, der niemand lauschte, Fabeln, Märchen und allerlei Geschichten, die meine überschäumende Phantasie mir in den Mund legte.

Manchmal scheuchte ich auch mit urzeitlichem Geheul die schreienden

Möwen auf, die gerade selbstgefällig am Ufer umherstolzierten, oder warf ihnen Unmengen von Algenbällen hinterher, die die Wellen am Meeresgrund geformt und mir verspielt vor die Füße gespült hatten.

Ich muss gestehen, dass ich diese Freibeuter der Lüfte beneidete, weil sie fliegen und damit ganz nach Belieben die Spuren ihrer Füße im Sand unterbrechen konnten. Meine Fährte hingegen konnte man überall mit Leichtigkeit verfolgen, ohne ein Sherlock Holmes mit obligatem Vergrößerungsglas zu sein. Nur ein Zick-Zack-Lauf im trockenen Sand, durch die Wellen und über ihre im Sand versickernden Schaumreste konnte die durchgehende Linie meiner Fußabdrücke unterbrechen. Dieses Kommen und Gehen der Spuren auf dem Sand, die durch die launischen Wellenzungen nur teilweise ausradiert wurden, faszinierte mich. Das Spielen mit den Wellen und den Abdrücken meiner Füße war wie ein Versteckspiel mit mir selbst, mit meinem "alter ego".

An einem heißen Augustmorgen, unter einer unbarmherzig vom Himmel stechenden Sonne, wehte mir der lebhafte Menorca-Wind einmal mehr meinen Strohhut von den blonden Locken. Ziemlich verärgert ließ ich von meiner fast fertigen Sandburg ab und rannte schimpfend und schreiend, ohne Eimer und Schaufel los zu lassen, wie besessen hinter meinem überdimensionalen Kopfputz her, der durch die Zauberwinde des Meeres verhext, kullernd, hüpfend und tanzend am Ufer entlang fegte.

Es schien fast, als ob mein Sonnenschutz, für mich unerreichbar, immer weiterrollen wollte, aber er entschied sich dann doch, wohl ebenso außer Atem wie ich, zwischen ein paar glitschigen, algen- und muschelbesetzten Felsen zu verschnaufen. Als ich mir das tropfende Ding triumphierend auf meine überhitzte blonde Mähne setzte und mich gleich wieder wie ein Cowboy aus einem Hollywood-Western fühlte, machte mein Herz, gerade erst einigermaßen zur Ruhe gekommen, schon wieder einen großen Satz.

Gleich neben den Felsen und außer Reichweite der launischen Wellen sah ich plötzlich im nassen Sand riesige Fußspuren Größe "Viel und Vierzig", die ganz sicher einem Wesen von einem anderen Stern oder Neptun höchstpersönlich gehörten. Mit offenem Mund und pochenden Schläfen maß ich aus, dass ich für jeden in den Sand gedrückten Schritt mindestens drei Mal hopsen musste, um bis zum Anfang des nächsten Fußabdrucks zu gelangen. Die Spur dieser aufregenden Schritte verlor sich in der Ferne. Ich zögerte keinen Augenblick mit ihrer Verfolgung: Mir war klar, dass vor mir früher oder später ein sagenhafter Hüne aus Fleisch und Blut auftauchen würde. Komplett aufgedreht von meiner improvisierten Verfolgungsjagd beachtete ich nicht einmal die vielen wunderschönen Exemplare von Schnecken und naclas, einer nur hier vorkommenden, heute fast ausgerotteten Riesenmiesmuschelart. Jahre später sollte ich mir in den Sommerferien ein paar Peseten mit der Herstellung von Leuchtern, Lampen und Laternen aus diesen herrlichen Muscheln verdienen, aber damals, während dieses tollen, aufwühlenden Abenteuers, hatte ich nur Augen für die geheimnisvoll lockenden Spuren im Sand.

Mitten in meinem Dauerlauf erschrak ich zutiefst, denn auf einmal erschien weit weg am Ufer eine längliche Silhouette in dunklem Ocker. Was da meine blauen, unschuldigen Augen am Horizont erspähten, musste der phantastische Riese sein, der sich nach seinem anstrengenden Lauf zum Ausruhen ausgestreckt hatte. Keuchend überlegte ich, dass diese Erscheinung keine Fata Morgana sein konnte, weil ich ja in keiner Wüste war und mein supergroßer Strohhut mich bis dahin vor jedem Sonnenstich und allen daraus folgenden Sinnestäuschungen bewahrt hatte. Allerdings konnten auch die Unwägbarkeiten meiner unberechenbaren, häufig maßlos übertreibenden kindlichen Phantasie mir einen Streich spielen.

Je mehr ich mich der rätselhaften Figur näherte, die unbeweglich auf dem Sand mit ihrem phänomenalen Haarschopf das Streicheln der Wellen missachtete, desto größer wurde meine Aufregung. War der Riese unter der grellen Sonne ohnmächtig geworden oder, noch schlimmer, war er tot?

Aber meine Expedition ins Ungewisse nahm ein jähes Ende und mündete in einer argen Ernüchterung: was mir von weitem wie der Körper eines Riesen vorgekommen war, entpuppte sich als Strunk einer von der Flut angeschwemmten Palme, und die vermeintliche Haarpracht im Rasta-Look war nur ihr Wurzelstock.

Die geheimnisvollen Spuren hörten vor dem Palmenstrunk abrupt auf. Verwirrt und enttäuscht setzte ich mich auf das verwitterte Holz, von dem Unmengen Entenmuscheln herabhingen und durch dessen Spalten mich vorwitzige Krabben mit ihren teleskopartigen Stielaugen fixierten. Umsonst suchte ich den dunkelblauen Horizont ab, in der Hoffnung, zumindest das Segel einer Galeone zu entdecken. Ich war mir ganz sicher, dass der Riese genau diesen Palmenstrunk als Einstieghilfe benutzt hatte, um an Bord seiner kleinen Schaluppe zu klettern, die ihn zu seinem im tieferen Wasser vor Anker liegenden Schiff bringen sollte. Wenn aber die Spuren doch von Neptun persönlich stammten, dann würde er sich nach seinem Strandspaziergang schon längst wieder mit den Sirenen in den unterseeischen Korallengärten amüsieren, irgendwo da draußen in den Tiefen des Meeres...

Nie habe ich mich am einsamen Strand von Alcúdia alleine gefühlt. In jenen glücklichen und unvergesslichen Tagen waren die vielfältigen Melodien der schaumgekrönten Wellen meine ständigen Begleiter; auch der unstete Wind aus Menorca, der mich mit seinen Märchen aus dem fernen Orient einlullte; die Muscheln, die Schnecken, die naclas, die Sandburgen und die wunderlichen Dreieckspuren der aufdringlichen Möwen waren meine Freunde. Aber seit dem Tag, an dem ich die Riesenspuren im Sand entdeckte, verloren auch meine eigenen Fußstapfen etwas von ihrer kindlichen Unschuld.

Noch besitze ich einige Schneckenhäuser aus dieser Zeit und hüte sie wie einen herrlichen, ehrwürdigen Schatz. Wenn ich dem Echo der Meereslieder lausche, den Wellen und den bezaubernden Gesängen der Sirenen, die mir aus ihrem Innern entgegen rauschen, dann ergreift mich die Sehnsucht nach meinem Paradies aus Kindertagen. Damals konnte ich nicht vermuten, dass mein ganz persönlicher Garten Eden genau so verschwinden würde wie die Spuren im Sand, die von Wellen und Wind weggewischt werden.

Heute würde ich am Strand von Alcúdia wohl kaum auf die Spuren eines unheimlichen Riesen oder auf die Fußabdrücke Neptuns oder auf die Abdrücke eines einsamen Schmugglers mit seinem Sack voll Ware über der Schulter stoßen. Eher auf die Überbleibsel der Zivilisation in Form von Flaschen, Dosen, Blechbüchsen, Plastiktüten, Sonnencremetuben, Teerbatzen und sonstigem Unrat.

Seit meiner Kindheit haben Spuren im Sand für mich ihre Faszination nicht verloren. Es ist zwar schon Jahre her, dass sie Teil meiner einsamen Versteckspiele waren. Aber mit der Zeit haben sie sich in ein Symbol für den Weg durch das Leben gewandelt, jenen Weg, der beginnt und irgendwann endet und doch die eine oder andere Erinnerung in Form einer unverwechselbaren Spur auf dem Sand der Zeit hinterlässt.

Wolken

Das Ziel meiner allerersten Flugreise in den Fünfzigerjahren war Mallorca. Der Flieger, in dem ich mit meinen Eltern die Strecke von Madrid auf die Insel bewältigte, erschien mir wie ein kolossaler Flugdrache, der aus seinen drei Schlünden Feuer und Rauch spuckend jedes Lebewesen mit seinem fürchterlichen Fauchen in Angst und Schrecken versetzte, das ihm unvorsichtigerweise zu nahe kam. In Wahrheit handelte es sich um eine klapprige dreimotorige Maschine mit einem Rumpf aus Wellblech und silbrigen Flügeln. Immerhin gab es große Fenster, so dass sogar ich kleiner Kerl die wunderbare Sicht während des Fluges genießen konnte. Obendrein verfügten diese Ausgucke beidseitig über kleine Vorhänge, die vom Stil wunderbar zu den bequemen, aber doch recht abgenutzten Ledersitzen passten, auf deren Rückseite die allbekannten Papiertüten für die Folgen unvorhergesehener Übelkeit steckten. Über unseren Köpfen baumelte unser Handgepäck in langen Kordelnetzen, gleichsam wie in einem Fischernetz.

Vom spannenden Augenblick des Abhebens Marke Heuhupfer bis zu dem Moment, in dem die fliegende Kiste ihre holprige Landung in Palma hingelegt hatte, war meine Nase trotz des turbulenten Fluges immer am Fenster kleben geblieben. Die langsam und niedrig fliegende Blechkiste reagierte prompt auf jeden kleinen Windhauch; auch atmosphärische Störungen und Luftlöcher verursachten sofort die entsprechenden Erschütterungen und versetzten sie zitternd in Schwingung. Die Passagiere beugten sich dann vermehrt nach vorne, um von den Papiertüten vor ihnen regen Gebrauch zu machen.

Irgendwann begannen die Motoren stärker zu husten. Der Pilot hatte möglicherweise auch Durst und beschloss, in Valencia für einen Tankstopp im doppelten Sinn zwischenzulanden. Der Flughafen war ein einfaches, eingeschossiges Gebäude mit einem verglasten, turmförmigen Aufsatz und bestand lediglich aus einer Halle "für alle Zwecke", einer Bar und einem Abort. Letztere beiden Einrichtungen wurden abwechselnd von den Reisenden mit dauerhaftem Beschlag belegt.

Es dauerte nicht lang, bis mein Vater mit dem Piloten und der attraktiven Stewardess seine Vorliebe für Kaffee und ein Gläschen teilte. Meine Mutter beäugte die Szene ziemlich skeptisch. Noch völlig unter dem Eindruck der für mich so einschneidenden Erlebnisse versuchte ich sie trotzdem zu beruhigen. Ich erklärte ihr, dass – egal wie viele Schnäpse der Pilot noch zu sich nehme – unser Flugzeug nicht mehr wackeln könne, als es das bis hierher schon getan hatte. Und außerdem sollte der Rest des Fluges ja über dem Meer weiter gehen. Waren wir drei nicht alle sehr gute Schwimmer? Meine Mutter sah nach dieser logischen Argumentation nur noch blasser aus als vorher.

Heiter und entspannt – außer meiner Mutter – stiegen wir alle wieder ein zur letzten Etappe nach Palma. Der Flugapparat hob genau so ab, wie ich mir das vorgestellt hatte: Im Dreisprung! Der Pilot gab noch eins drauf und drehte unversehens eine kurze Panorama-runde über Valencia, was von allen Fluggästen mit spontanem Applaus und großer Begeisterung belohnt wurde. Sogar die Wangen meiner Mutter nahmen etwas Farbe an.

Der Pilot zog seine Dreimotorige mit rhythmischem Wippen in eine Rechtskurve Richtung Osten, und plötzlich tauchte vor meinen Augen und meiner an der Scheibe klebenden Nase die große Weite des Meeres auf. Ich flog zum ersten Mal in meinem Leben über das Mittelmeer! Das intensive Blau und die weißen Schaumspitzen auf den Wellen empfingen mich in ihrer ganzen Großartigkeit.

Als wir die Reiseflughöhe erreicht hatten, da wo auch verirrte Möwen

kreuzen, konnte ich in der Ferne weiß getünchte gigantische Bastionen mit ihren Zinnen und Türmen erkennen. Je näher wir dieser Himmelsarchitektur kamen, umso beeindruckender wurde ihre Pracht.

Auf einmal schwebten wir zwischen herrlichen Schlössern und Burgen aus Watte hindurch, deren Türme sich im Himmel verloren. Wälder aus quellendem Blumenkohl umrankten die Befestigungen, auf deren Brustwehren zyklopische Krieger gegen schauderhafte Drachen kämpften. Eine phantastische Welt öffnete mir ihre Türen in eine neue Dimension: zwischen einem Meer aus Silber und einem Himmel aus Gold fand ich, zur Wirklichkeit geworden, die Landschaften und Figuren meiner eigenen Phantasie wieder.

Jahre später, als ich Malerei studierte, schuf ich unzählige Gemälde mit diesen imposanten Kumulus-, Nimbus-, Zirrus- und Stratuswolken, die vor sich hin quollen, manchmal hasteten oder am Himmel von Mallorca gemütlich herumspazierten. Das einzige Problem, sie auf die Leinwand zu bannen, bestand darin, dass ich sie zum Modellsitzen nicht anbinden konnte, wenn sie es eilig hatten und ihre Farben wie ein Chamäleon änderten.

Wenn ich meine Bilder der Mallorquiner Wolken in all den Farben meiner Palette herzeigte, wurde ich unweigerlich gefragt, was ich denn so einnähme beim Malen, um solche ungewöhnlichen Nuancen und Tönungen zu erreichen. Die Auskunft fiel mir immer leicht: Die Wolken über Mallorca bestehen, vor allem am Morgen und in den Abendstunden, aus eben solchen Farben, die man durchaus als psychedelisch bezeichnen kann. Aber mit meinen schulterlangen Haaren und meinem Hippie-Schnauzer, den ich übrigens immer noch trage, war diese Erklärung nicht überzeugend. Ich musste weiter ausholen und beendete meine Beweisführung mit folgenden Worten: "Dort, auf der ´Insel der Ruhe´, sind diese Wolken mit ihren unendlich vielfältigen Formen und Farbabstufungen zu Hause. Geht hin und schaut hinauf, wenn ihr mir nicht glaubt".

Als Bewohner der mallorquinischen Ostküste wurde ich häufig Zeuge dramatischer, in allen Farben irisierender Morgenröten. Und weil das Haus auf einem Hügel stand, durfte ich auch so manchen beeindruckenden Sonnenuntergang beobachten, bei dem die Wolken blutrot und golden leuchteten.

Es war für mich immer ein besonderes Ereignis, wenn ich mit meinem Freund Jeroni in seinem llaüt zum Fischen hinausfahren konnte. Nicht nur wegen des Fischens an sich, bei dem man womöglich das Jahrhundertexemplar herauszog, sondern weil man da draußen einen herrlich friedlichen Sonnenaufgang erleben konnte. Vor allem, wenn über dem silbrigen Meer die Wolken wie willkürlich verstreute bunte Wattebäusche kapriziös in allen erdenklichen Farben changierten. Manchmal war ich so versunken in den Anblick der spannenden Farbenspiele, dass ich sogar vergaß, die Wurfangel mit Ködern zu präparieren.

Eines Morgens saß ich wie gewöhnlich auf der Bordwand am Bug, die Leine war gespannt, mein Blick wie immer auf die Wolken der Morgendämmerung gerichtet. Ein ungeheuer heftiger Ruck an der Leine ließ mich plötzlich das Gleichgewicht verlieren und kippte mich kopfüber ins Wasser. Jeroni erschrak, sagte aber kein Wort. Der jähe Fall ins kühle Nass riss mich jedenfalls schlagartig aus meinen morgendlichen "Wolkenträumen". Ich zog mich schnell ins llaüt hoch und holte die Leine Meter um Meter ein. Der Riesenfisch, oder was immer die Ursache für meinen Sturz gewesen war, hatte sich nicht nur den Köder geschnappt, sondern obendrein alle drei Haken und das Blei mitgenommen.

Wenn ich nicht buchstäblich "in den Wolken" gewesen wäre, hätte ich vielleicht an diesem Morgen Fischereigeschichte schreiben können.

Aber es sind schließlich die Wolken mit ihren Wassertropfen und nicht die Fische, denen wir das Leben auf unserem Planeten verdanken.

Quallen

Vor langer Zeit, während meiner alljährlichen Sommerferien im beschaulichen Cala d'Or, im Südosten Mallorcas, hockte ich die meiste Zeit am liebsten auf einem Felsen über dem Meer. Von dieser Warte aus bot sich meinen staunenden Blicken eine wimmelnde Vielfalt an arglos umher schwimmenden Fischen, deren lautlose Bewegungen mich zusammen mit der verführerischen Melodie der anrollenden Wellen regelrecht hypnotisierten und mit offenen Augen zum Träumen brachten. Inmitten dieser vielen kleinen und großen, silbrigen oder bunten Fische, den echten und solchen, die auf den Flügeln meiner Phantasie wuchsen, erschienen ab und zu auch einige eigenartige Wesen. Sie schwammen nicht wie Fische, sondern pendelten gleichsam durch das Wasser und vollführten dabei eigenartige, tänzelnde Bewegungen. Ihr Aussehen glich keinem mir bekannten Meereslebewesen, erinnerte eher an etwas Außerirdisches. Wie rätselhafte, driftende Pilze wurden sie von einer unbekannten Energie bewegt, sie mussten meiner Logik nach also Kreaturen aus einer anderen Welt sein. Ich taufte sie einfach "Meeres-Ufos" und war mir absolut sicher, dass sich – unsichtbar für uns Erdenbewohner – im Inneren ihrer durchsichtigen Körper unendlich viele Geheimnisse und Dimensionen ferner Galaxien verbargen.

Für mich war sonnenklar, dass diese Meeres-Ufos nicht einfach nur wirbellose, im Wasser wohnende und von Badenden gehasste Kreaturen sein konnten. Es lag auf der Hand, dass Lebewesen ohne Herz, Hirn oder sichtbares Blut nur durch Zauberhand oder mittels unbekannter Mechanismen existieren konnten. Obendrein lösten sie sich unter der Sonne langsam auf, sobald sie an einen Strand gespült wurden, um so, von niemandem zu sehen, auf ihren Heimatplaneten zurückzukehren. Selbstverständlich erzählte ich niemandem von meinen Beobachtungen. Die Jungs in meiner Ferienclique hänselten mich sowieso schon genug, weil ich so viele Stunden am Meer verbrachte. Sie nannten mich "Meeresgucker" oder " hakenloser Angler".

Heute noch faszinieren mich diese mysteriösen Geschöpfe, genau wie früher. Und je mehr ich über sie in Erfahrung bringe, desto mehr Respekt habe ich vor ihnen. Es amüsiert mich immer wieder, wenn in einer Unterhaltung das Gespräch auf sie kommt und die Anwesenden wie auf Kommando zusammenzucken und sogar solche Menschen nervös reagieren, die noch nie mit ihnen in Kontakt kamen und sie nur vom Hörensagen kennen. Es dreht sich, ganz klar, um Quallen.

Angst oder Abscheu vor diesen Nesseltieren habe ich nie empfunden, dazu war ich von Anfang an zu neugierig. Allein die Tatsache, dass sie mit ihren zarten, feingliedrigen Tentakeln Beute lähmen und dem gemeinen Eindringling und Ausbeuter der Meere – dem Homo Sapiens – seltsame Brandmale und Ausschläge verpassen, macht sie mir eher sympathisch.

In meiner Kindheit war die Anziehungskraft dieser "Meereslungen" auf mich sogar so extrem, dass ich die Präsenz von Quallen im Meer über meine Nase wahrnehmen konnte. Was da meine Schleimhäute hinaufstieg, war eine ganz spezielle Komposition aus Seegerüchen, etwas, das mich an Algen und frisch aus dem Meer geholte Sardinen erinnerte. Ganz sicher war ich mir, dass sie mit diesem betörenden Aroma, das mir vom Wind hergeweht wurde, ihre Beute anziehen konnten. Und das machte sie für mich noch interessanter: Wie konnte es sein, dass sie ohne ein erkennbares Gehirn diese Art von Intelligenz an den Tag legten? Und wenn ihr Körper zu siebenundneunzig Prozent aus Wasser besteht, welche Ansammlung von unsichtbarer "grauer Masse" steckte dann in den restlichen drei Prozent ihrer Materie?

Für meine jugendliche Logik bargen die Quallen zu viele Ungereimtheiten, um sie einfach als weiteres Übel des Sommers wie Stechmücken, Ameisen oder Kakerlaken abzutun. Im Inneren der Quallen steckten alle Geheimnisse, die ich unbedingt lüften musste, zur Not mit Hilfe meiner eigenen Phantasie.

Um herauszufinden, ob das Aufspüren des "Quallenparfüms" nicht doch das Resultat meiner Tagträume unter der unerbittlichen Mallorquiner Sonne war, stieg ich entschlossen in die Fluten und nahm die duftende Fährte auf. Die Nase wie ein Periskop knapp über dem Wasser in die Luft reckend, die Nasenlöcher weit geöffnet wie die Lufttrichter auf einem Schiffsdeck und das Herz tuckernd wie ein Außenbordmotor, schwamm ich dem spannenden Aroma ins offene Meer entgegen.

Ziemlich weit draußen, vor Anstrengung fast schon wie eine bergauf fahrende Dampflok keuchend, sah ich sie endlich: Eine Handbreit unter der Wasseroberfläche kam mir ein Trupp zartrosa Quallen entgegen, jede einzelne so groß wie eine halbierte Orange.

Meine hart erkämpfte Entdeckung entschädigte mich für alle Anstrengungen, und ich war darüber so befriedigt, dass ich mich in aller Ruhe
von der leichten Dünung zurück an den Strand treiben ließ. Alle Mühsal
war vergessen, jetzt wusste ich, dass meine Hoffnungen und Mühen
nicht umsonst gewesen waren. Das "Duftexperiment" habe ich später
an anderen Stränden noch mehrere Male erfolgreich wiederholt, und
jedes Mal witterte ich schon von weitem die unvermeidliche Ankunft
der Quallen.

Ich gestehe, dass mich das Beobachten des kollektiven Horrors unter
den Badenden aller Altersstufen und Nationalitäten am Ufer immer
sehr erheiterte, vor allem, wenn jemand hysterisch die Warnung aus-
stieß: "Quallen, Quallen!", und die Menschen in einer Massenpanik aus
dem Wasser an das rettende Ufer stürzten. Ich fragte mich immer wieder aufs Neue, wie eine so kleine Kreatur ein derartiges Pandämonium
verursachen konnte.
Nach derlei Überlegungen überwog aber meistens doch das Mitleid
mit den Schwimmern, und ich entschied mich, meine Entdeckung über
den "Quallenalarm" publik zu machen. Wie nicht anders zu erwarten,
waren meine Erklärungen aber zunächst dem Hohn und Gespött der

Zuhörer ausgesetzt. Nachdem ich jedoch einige Male hintereinander zielgenau, und vor allem rechtzeitig, vor der Gefahr gewarnt hatte, setzten die Badenden nicht einmal den großen Zeh ins Wasser, ohne sich vorher meines olfaktorischen Verdikts vergewissert zu haben.

Von da an nannten mich meine Kumpels respektvoll "Herr der Quallen".

Eher unbeabsichtigt und nur dank der seltsamen Fähigkeit meiner Nasenschleimhäute, "Quallengeruch" ausfindig zu machen, war ich für die Bewohner von Cala d'Or zum Experten in Sachen Quallen geworden. Mir wurde der offizielle Titel eines "Medusenmelders" verliehen.

Das Problem dieses ungewöhnlichen Jobs war allerdings, dass es keinerlei Entlohnung dafür gab, obwohl die an den Stränden von Cala Gran und Cala Petita badenden Stammgäste immer wieder meine Anwesenheit verlangten, um quallenfrei ins Wasser gehen zu können.

Meine Versuche, mit den Jungs aus meiner Ferienclique einen "Quallen-Riechkurs" durchzuziehen und somit eine "schnelle Eingreiftruppe" von Medusenmeldern aufzustellen, schlugen fehl. Einige meiner Freunde gaben zwar vor, Möwenkacke bereits im Anflug zu riechen, manche meinten das Erscheinen von Wollkrabben auf den Felsen schon vorher wittern zu können, andere wiederum erklärten sich sogar in der Lage, im Sand vergrabene Kaugummis und Zigarettenkippen zu erschnüffeln. In meinen Augen waren das aber alles nur Sinnestäuschungen, so genannte "Aroma-Fata Morganas", die eher den vielen Stunden am Strand unter der prallen Sonne ohne Kopfbedeckung geschuldet waren, oder ganz einfach nur den Wunsch offenbarten, sich vor den Badegästen als "Supernasen" auszugeben.

Mit so viel Quallen im Kopf während des Tages war es nicht verwunderlich, dass mich diese fesselnden Geschöpfe über kurz oder lang auch nachts begleiteten. Sie spielten bald die Hauptrolle in meinen nächtlichen Träumen, in Farbe versteht sich! Aber sie schwirrten nicht wie schreckliche Ungeheuer eines Albtraums in meinem Gehirn umher, sondern schwangen lautlos in einer himmlischen Choreographie durch Raum und Zeit. Überdimensionale Quallen leuchteten in den schillerndsten Farben, ihr filigraner Körper glich der monumentalen Kuppel einer Basilika, und ihre kilometerlangen Tentakel strahlten wie fluoreszierende Chimären. Auf ihren opalisierenden Schirmen prangten die verschiedensten Sternenmuster, und sie bewegten sich mit großer

Schnelligkeit unhörbar wie Raumfähren durch die dunkle, tiefe Stille der Zeitmeere. Beim Aufwachen wusste ich nicht, wie meine Einbildungskraft solch eine phantastische Welt heraufbeschwören konnte, die mir doch so echt und greifbar erschien.

Nach vielen Jahren, weit entfernt von jenen goldenen Stränden und dem türkisblauen Mallorquiner Meer, konnte ich feststellen, dass meine Phantasien gar nicht so absurd gewesen waren, wie ich ursprünglich dachte. Einen längeren Aufenthalt in London nutzend, vertiefte ich meine Kenntnisse über Quallen im dortigen "British Museum": in der Bibliothek blätterte ich staunend in wissenschaftlichen Abhandlungen über die wirbellosen Nesseltiere. Ich las, dass von den 9000 bekannten Arten bis heute nur 70 als gefährlich gelten, weil sie einem Menschen Verbrennungen zufügen können. Außerdem war die Rede von wahren Zyklopen unter den Quallen, mit einem Schirm-durchmesser von mehr als zwei Metern und Fangfäden von über 36 Metern Länge, die sage und schreibe eine Oberfläche von mehr als viertausend Quadratmetern Nesselzellen bereithalten. Und, nicht genug, gibt es auch noch Exemplare dieser Gattung, die mit einer "Überschallgeschwindigkeit" von bis zu 55 Meilen, also ca. 100 km/h, durch das Wasser flitzen. Ausgestattet mit einem perfekten Orientierungssinn gleiten sie, indem sie Wasser ausstoßen, per "Strahlantrieb" dahin, ökologisch korrekt und ohne die Umwelt zu verschmutzen, ganz im Gegensatz zu jenen Erfindungen, die sich die Menschheit für ihre Fortbewegung zu Lande, zu Wasser oder in der Luft hat einfallen lassen.

Aber all diese eindrucksvollen, exotischen Exemplare durchpflügen nicht unsere nahe liegenden Urlaubsgewässer, sondern weit entfernte Meere in den Tropen. Die im Mittelmeer vorkommenden 300 Arten sind im Vergleich dazu von Taschenformat, obwohl manche von ihnen mindestens so unangenehm pieken können wie ihre überseeischen Riesenverwandten.

Die Entwicklungsgeschichte der Quallen ist einzigartig und beeindruckend: Kein anderes Geschöpf auf der Erde existiert schon seit 650 Millionen Jahren und bis heute nahezu unverändert. Wir haben es mit einem unvergleichlichen Lebewesen zu tun, das ohne sichtbare Evolutionsveränderung seit undenkbaren Zeiten die sieben Weltmeere bevölkert.

Soviel ich auch in dicken Wälzern suchte, ich konnte keinen einzigen Hinweis auf einen möglichen außerirdischen Ursprung der Quallen finden. Nur, wer kann schon ihr erstes Auftreten in unserer Welt vor 650 Millionen Jahren bezeugen?

Anmerken muss ich noch, dass ich als jugendlicher Grünschnabel meine Sommerferien nicht nur mit Quallen verbrachte und auch nicht immer auf einem Felsen saß und mich vom Meer und seinen bizarren Bewohnern verzaubern ließ. Mein angeborener Einfallsreichtum und meine unstillbare Wissbegier bescherten mir noch viel mehr Erlebnisse und Abenteuer, von denen manche mehr und andere weniger erinnernswert sind.

Eine meiner liebsten Beschäftigungen in den Sommerferien war immer wieder das Absuchen des Strandes nach Muscheln und Schnecken, eine Leidenschaft, die bis heute nicht vergangen ist. Kaum habe ich als Zeichen meines "Gebietsanspruches" das Handtuch auf dem Sand ausgebreitet, stürme ich als unerbittlicher "Hydrozoenforscher" Richtung Ufer.

Bei einem meiner üblichen Sucheinsätze, damals an den Stränden von Cala 'Or, ging ich wie immer mit meinem Blecheimer und meiner Holzschaufel bewaffnet auf die Pirsch. Irgendwann erblickte ich ein seltsames Objekt, länglich und durchsichtig, das einer Kreuzung zwischen Qualle und Seegurke ähnelte. Als ich es kurz entschlossen genauer untersuchte, stellte ich fest, dass es hohl war, keine Tentakel, aber eine Art Brustwarze an der Oberseite hatte, die mich an einen Schnuller erinnerte. Meinen Fund in der Hand, rannte ich erwartungsvoll auf die Gruppe zu, wo meine Eltern mit ein paar Freunden am Strand saßen. Ich rief ihnen erwartungsfroh entgegen: "Schaut, schaut, was ich für eine komische Qualle gefunden habe!" Die Reaktion der Erwachsenen schien mir ziemlich seltsam. Denn ich konnte nicht verstehen, wieso sie mich und meine brandneue Ausbeute, die zwischen meinen Fingern hin und herpendelte, nur entgeistert anstarrten. Nach einigen Sekunden absoluter Stille platzte mein Vater mit tosendem Gelächter heraus, während sich der Rest der Umstehenden vor Lachen krümmte. Vor solch einem Panorama wusste ich nicht mehr weiter, denn eigentlich hätte ich die sonst üblichen Unmutsäußerungen seitens der Männer und die Panikschreie der Damen erwartet.

Nachdem sich die Anwesenden von ihrem Gejohle erholt und die Tränen getrocknet hatten, schallte die an mich gerichtete Erklärung meines Vaters über den ganzen Strand: "Das ist eine aufblasbare Qualle!", womit er erneut das allergrößte Jauchzen auslöste, was mir noch viel unverständlicher vorkam. Ohne weiter zu überlegen, setzte ich den "Quallen-Schnuller" an den Mund und blies ihn wie einen Luftballon auf. Als Ergebnis erntete ich ein nicht enden wollendes orgiastisches Jubeln.

Obwohl ich danach öfters extra früh aufgestanden bin, um als Erster am Strand zu sein, habe ich nie wieder ein weiteres Exemplar der "aufblasbaren Qualle" entdeckt, das damals eine so unverhoffte Begeisterung ausgelöst hatte.

Während meiner turbulenten "Quallenmelderzeit" wohnte eine attraktive englische Dame der ersten Ausländergeneration in Cala d'Or. Wir Nachbarn nannten sie respektvoll "Señora Curtins", weil sie nicht nur reich war, sondern auch sehr vornehm auftrat und noch dazu ausgesprochen hübsch war. In meinen Augen hatte sie wegen ihrer Ähnlichkeit mit der schönen Grace Kelly sogar etwas von einer Filmdiva. Keiner wußte, ob die englische Lady geschieden war oder vielleicht verwitwet, auf alle Fälle feierte sie gerne und ziemlich ausschweifend, aber immer formvollendet. Wenn ich sie auch nicht gleich zu meiner Herzensdame erkoren hätte, gestehe ich, dass sie mir recht gut gefiel, aber nur rein platonisch, das sollte ich hier noch anmerken...

Die "Señora Curtins" hatte sich eine stattliche Villa direkt am Ufer von Cala Llonga errichten lassen, mitten zwischen ein paar Fischerhäusern und den Bootsschuppen für die llaüts, wo Netze und Angelzubehör aufgehoben wurden und vorübergehend, bei Bedarf, auch Schmuggelware. Die dem Meer zugewandte Seite des Gebäudes bestach durch einen prachtvollen Arkadengang, der mit einer riesigen Terrasse direkt ans Ufer reichte. In dieser idyllischen Umgebung feierte also die "Señora Curtins" ihre rauschenden Feste zusammen mit anderen Ausländern aus Cala d'Or, zu jener Zeit nicht mehr als ein paar Dutzend, die aus aller Herren Länder stammten. Unter den vielen glanzvollen Partys, die normalerweise nie vor Sonnenaufgang "mit den ersten Sonnenstrahlen und dem vorletzten Glas cava " zu Ende gingen, stach eindeutig der "Maskenball im Club" hervor. Die englische Lady hatte ihr prächtiges Anwesen "Club" benannt, um so die Exklusivität des Hauses und seiner Feste zu betonen.

In früheren Jahren hatte ich schon ein paar Mal auf dem Flachdach eines an den "Club" angrenzenden Bootshauses gelegen und über die Mauer gespäht, um heimlich dem Maskentreiben zuzusehen, das – nah und unerreichbar zugleich – meine Phantasie zu ungeahnten Höhenflügen anregte.

Seit dem Tag, an dem ich mit meinen Riechkünsten die englische Señora vor den "fürchterlichen" Quallen bewahrt hatte, schätzte sie mich sehr. Trotzdem blieb mir fast die Spucke weg, als sie mich eines Tages unvermittelt zu ihrem nächsten Ball einlud. Denn das Fest wurde eigentlich "nur für Erwachsene" ausgerichtet und ich, wenn auch ziemlich helle, war ja nur ein junger Bursche.

Nur eine Nacht und der darauf folgende Tag blieben bis zum großen Fest. Gleich am späten Abend machte ich mich ans Werk und entwarf, bis mir die Ohren heiß und die Wangen rot vor Aufregung geworden waren, mein Kostüm im Schein meines alten Kerzenleuchters, schon lange stummer Zeuge all meiner nächtlichen Lese- und Schreiborgien.

Für eine einzige Nacht wollte ich mich in eine Qualle verwandeln, meine Identität verbergen und vollkommen inkognito in Erscheinung treten. Viele Skizzen und Kostümvarianten kritzelte ich auf meinen Zeichenblock, bis ich im Morgengrauen endlich die Liste mit den nötigen Kleidungsstücken und dem passenden Zubehör fertig hatte.
Nach wenigen Stunden Schlaf stieg ich frühmorgens auf mein altes Fahrrad und trat tüchtig in die Pedale, um so schnell wie möglich über den staubigen Weg nach Felanitx zu kommen.

Zu früh war ich aufgestanden, denn als ich außer Puste und erwartungsfroh dort ankam, hatten die Geschäfte noch geschlossen. Während ich meinen Drahtesel resigniert über den verschlafenen Carrer Mayor schob, nahm ich auf halbem Weg geschäftiges Treiben wahr, das eindeutig aus der Bar Kansas stammte. Im hinteren Teil des Lokals waren Arbeiter gerade damit beschäftigt, die Wände einer WC-Anlage, deren bisherige Plumpsklos durch nagelneue Toiletten mit Wasserspülung ersetzt werden sollten, zu verputzen und mit Fliesen zu verzieren. Das rief selbstverständlich eine größere Zahl von "kenntnisreichen Zuschauern" auf den Plan, die mit einer Flut von Ratschlägen, Meinungen und Belehrungen lauthals mit den Maurern diskutierten.

Mitten in den Lärm hinein bestellte ich an der Theke beim Kellner einen Kaffee und einen leeren Zementsack. Obwohl ich ihm diesen Wunsch direkt ins Ohr hinein geschrieen hatte, mußte ich meine Be-

stellung mehrmals wiederholen, bis er kapierte und ihm vor Verwunderung der angekaute Zahnstocher aus dem Mund fiel. Als ich sein besorgtes Gesicht sah und feststellte, dass er seinen Mund vor Erstaunen gar nicht mehr zu brachte, traute ich mich nicht, ihm den wahren Grund für mein ausgefallenes Anliegen zu verraten, sondern beruhigte ihn, in dem ich ihm versicherte, dass der leere Zementsack nicht Teil meines Frühstücks werden sollte.

Mit dem gut ausgeschüttelten und auf links gedrehten Zementsack unter dem Arm marschierte ich um die Ecke in ein Bekleidungsgeschäft in der Ca'n Bossa, das ein junges Mädchen gerade aufsperrte.
So ernst ich nur konnte und mit gemessener Stimme, um die Verkäuferin nicht schon im Vorhinein zu erschrecken, verlangte ich ein rosafarbenes Damennachthemd in ansehnlicher Größe, mit langen Ärmeln und Knöpfen bis zum Hals, sowie ein Paar passende Strumpfhosen in gleicher Farbe und Maßen. Nachdem ich keinerlei Reaktion feststellte, sondern nur sah, dass dem Mädchen beinahe die Augen heraus fielen, wiederholte ich Wort für Wort mein Begehren und fügte hinzu, ein Modell "Liebestöter" wäre genau das Richtige. Diese Beschreibung hatte dann den erwünschten Erfolg: ohne ein Wort zu verlieren, allerdings mit feuerrotem Gesicht, brachte sie mir die gewünschten Kleidungsstücke. Als ich mir das Nachthemd über die Schultern hängte, um Länge und Breite auszuprobieren, und auch noch die Strumpfhose an die Taille hielt, wurde sie kreidebleich und ihre schon extrem weiten Pupillen verwandelten sich in zwei eindrucksvolle Fragezeichen. Da ich ihr jähes Kollabieren befürchten mußte, erläuterte ich, ohne Änderung meiner Stimmlage und mit ungerührtem Ausdruck, dass die beiden Sachen ein Muttertagsgeschenk werden sollten. Dieser Feiertag hätte allerdings erst in ein paar Monaten auf dem Kalender gestanden. Die junge Frau hatte vor Entsetzen auch noch die Sprache verloren, so dass ich die abgezählten Peseten für meinen Einkauf auf die leeren Verpackungen legte und den Laden verließ, um meine Errungenschaften schnellstens im Zementsack zu verstauen.
Zum Abschluss erstand ich in der Ca'n Gallet, diesmal ohne große Erklärungen abgeben zu müssen, noch eine Dose rosa Farbe und einen dicken Haarpinsel. So schnell ich strampeln konnte, raste ich mit meinen Einkäufen nach Cala d'Or zurück.

Zuhause zog ich einen verschimmelten, mit Spinnweben bedeckten Regenschirm aus der Rumpelkammer, den der Zahn der Zeit und eine Mottenfamilie in ein Sieb verwandelt hatten. In der Abgeschiedenheit unserer hinteren Terrasse strich ich ihn, zusammen mit meinen alpargatas und dem erstandenen Zementsack, mit vielen Lagen rosa Farbe an, nicht ohne vorher die nötigen Löcher für Augen, Nase und Arme in den doppelwandigen Sack praktiziert zu haben. Nachdem alle Teile an der Sonne gut getrocknet waren, schnitt ich noch das Nachthemd vom Saum bis auf Hüfthöhe peinlich genau in gleichmäßig schmale Streifen, um damit die Myriaden Tentakel einer Qualle nachzuahmen. Dann stieg ich probeweise und sehr vorsichtig in meine fertige Verkleidung. Der Zementsack auf dem Kopf stellte die blumenkohlartigen Mundlappen der Qualle dar und verbarg mein Gesicht komplett. Der Regenschirm, erstarrt von den vielen Schichten Farbe und oberhalb des Kopfes mit seinem Stock an Schultern und Armen unter dem Nachthemd montiert, sollte der typisch gewölbte Schirm der "Hydrozoe" sein. Meine Beine steckten in der rosa Strumpfhose, die Füße in den gleichfarbigen Hanfschuhen, und alles wurde durch den Vorhang aus Stofftentakeln bestens kaschiert. Jetzt mußte ich nur noch lernen, mich mit winzigen Geisha-Schritten fortzubewegen, um den Eindruck zu erwecken, dass ich über den Boden schwebte.

In jener mondbeschienenen Nacht machte ich mich als Riesenqualle kostümiert geräuschlos auf den Weg zum "Club", und mein junges Herz pochte vernehmlich.

Cala d'Or war damals ein friedvoll daliegender, ruhiger Ort mit ein paar kleinen, weißgetünchten Häusern, ohne Telefon und ohne Fernsehen. Eine Handvoll Autos und Motorräder aus Nachkriegstagen staubten unter den Pinien.

In jener Vollmondnacht bekam das üblicherweise einschläfernde Konzert von Grille, Eule, Käuzchen, Kuckuck, Nachtigall und Kröte und das Blöken der rührigen Schafe Unterstützung durch einen improvisierten, mehrstimmigen Chor, der zwar die richtigen Töne nicht traf, aber von einer ins Ohr gehenden Melodie aus dem "Club" in Cala Llonga begleitet wurde.

Kaum hatte ich einen scheuen Fuß über die Schwelle des Hauses gesetzt, als mir schon eine verführerisch weißgewandete Fee mit wallenden blonden Locken und einem golden blitzenden Zauberstab in der Hand begegnete. Es war die charmante Señora Curtins, die mich mit einem hingehauchten "Liebe Qualle, sei uns willkommen!" an die Hand nahm und mich auf die Terrasse führte. Dort erwartete mich eine traumhafte Kulisse.

Während sie mir verführerisch zublinzelte, stellte sie mich ihren extravaganten Gästen vor, indem sie mit ihrem Zauberstab zärtlich auf meinen Quallenschirmrand tippte und rief: "Hier ist die größte und feurigste Qualle, die die Welt je gesehen hat!" Ich muss zugeben, dass bei solchen Worten mein junges Herz vor Aufregung fast zersprang. Dem schallenden Lachen der Anwesenden nach, schien das Kostüm "der größten und feurigsten Qualle der Welt" jedenfalls gut anzukommen.

Vor meinen ungläubigen Augen scharten sich Julius Cäsar mit seinem Lorbeerkranz, eine hinreißende Kleopatra, Don Quijote mit seinem Sancho Pansa, Kaiser Barbarossa mit einem traurigen grünen Papagei auf der Schulter, die rätselhafte Mata Hari in einem Gewand aus tausend und einer Nacht, der legendäre Zorro mit Maske und Degen, die liebliche Kaiserin Sissi, der Detektiv Sherlock Holmes mit seiner unvermeidlichen Lupe, eine aufreizende Südseeprinzessin in kurzem Baströckchen und Blumen-BH, Charlie Chaplin mit Melone, Napoleon Bonaparte wie gewohnt mit einer Hand in der Jacke, eine veritable Hexe samt Besen, ein wohlbeleibter Bischof, Superman mit grauen Schläfen, eine beschwipste Nonne, ein blonder Stierkämpfer in seiner üppigen Tracht, ein lendengeschürzter Indianer mit Feder auf dem Kopf und noch einige andere Wesen, die nicht von dieser Welt schienen.

Die Gastgeberin streckte mir ein Glas cava entgegen, aber ich war derart verdattert über alles, was sich meinen erstaunten Blicken durch die Öffnungen meines Zementsackes darbot, dass ich ihr Angebot gar nicht wahrnahm und sie wieder verschwand. Kurze Zeit später hallten Klopfzeichen durch meinen Schirm und ein Strohhalm fand den Weg durch das Loch im Zementsack bis zu meinen Lippen. Ich fing instinktiv an, gierig den Inhalt eines großen Glases auszusaugen, das die holde Fee mir in beide Hände gedrückt hatte.

Im Verlauf der Nacht verwandelte sich das Innere meines Sackes nach und nach in einen Glutofen, während sich das Glas in meinen Händen wie durch Zauberei immer wieder füllte und der Strohalm beständig an meinen Lippen klebte.

Unter der Wirkung des Schaumweins schwebte ich in dem ganzen Jubel, der Musik und der ausgelassenen Heiterkeit der phantasievoll kostümierten Partygäste wie eine echte Qualle durch den Raum.

Die Gestalten um mich herum verdoppelten sich sogar schon vor meinen inzwischen unscharf blickenden Pupillen. Plötzlich fasste mich eine kräftige Hand am Arm und die vertraute Stimme der Señora Curtins tönte neben mir. Sie verkündete feierlich: "Der Vollmond fordert uns alle zum Baden am Strand von Cala Petita auf, und diese Qualle hier wird für uns alle lebenden Quallen des Mittelmeeres verscheuchen und von unseren Leibern fernhalten!" Diese Worte wurden mit großem Hallo und Geklatsche von den erwartungsfrohen Gästen begrüßt, die zu dieser fortgeschrittenen Stunde schon ziemlich angesäuselt waren. Ohne meinen Arm loszulassen, setzte mich die Gastgeberin an die Spitze des feuchtfröhlichen Zuges, der sich, so gut es unter diesen Umständen eben ging, unter Mitnahme einer stattlichen Anzahl Flaschen cava langsam in Gang setzte.

Seinerzeit gab es in Cala d'Or nicht die Spur einer Straßenbeleuchtung, keine asphaltierten Straßen und schon gar keine Ampeln, und die wenigen steinigen Wege eigneten sich höchstens für Kutschen und Fuhrwerke, die sich auf der Strecke von Cala Llonga nach Cala Petita durch Dickicht, Gebüsch und Pinien schlängeln mußten.

Die holde Fee hing wie eine Klette an den Tentakeln meines Nachthemdes und hatte ihrerseits den dicken Bischof im Schlepptau, der aus unerfindlichen Gründen bei jedem Schritt geräuschvoll furzte, was wiederum bei allen Marschierenden lärmendes Gelächter hervorrief. Ihm folgte Barbarossa, die Gesellschaft mit dreckigen Witzen unterhaltend, die er mit der Stimme des auf seiner Schulter festgezurrten, ausgestopften Papageis bauchredend vortrug.

Bei so viel Jux und Tollerei und der Menge an unterwegs geleerten Flaschen war es nicht weiter verwunderlich, dass sich eine unbestimmte Zahl von Mitgliedern der lustigen Karawane in verschiedenen Richtungen auf die umliegenden Felder verirrte.

Der silbrige Mondschein warf surreale Schatten auf den Pfad, auf dem die Teilnehmer der torkelnden Expedition sich wie Figuren eines Puppentheaters durch das dunkle Gestrüpp schlugen. Trotz allem erreichten die meisten von uns, erschöpft vom vielen Lachen und Straucheln, den still daliegenden Strand der Cala Petita.

Julius Cäsar und Kleopatra, Don Quijote, Mata Hari, Zorro, die Hexe, Charlie Chaplin, die Südseeprinzessin, der Stierkämpfer, der Indianer, Barbarossa, der Bischof und meine Fee warfen sich lärmend in die Fluten, tauchten alle zusammen unter und freuten sich wie kleine Kinder beim Plantschen.

Nachdem ich meinerseits keine Lust hatte, in einer Vollmondnacht mit einem Zementsack um den Hals, einer Überdosis cava im Körper und einem Regenschirm über dem Kopf zu ertrinken, blieb ich im seichten Wasser, wo es mir nur bis zu den Knien reichte. Nebenbei wollte ich mir natürlich auch nichts von diesem unvergesslichen Schauspiel entgehen lassen.

Irgendwann erspähte ich mitten im Getümmel, wie sich Julius Cäsar und Kleopatra "besonders nahe" unterhielten und miteinander an einer Flasche cava nuckelten. Die Hexe hatte ihren Besen gegen Charlie Chaplin getauscht. Don Quijote galoppierte auf einer unsichtbaren Rosinante hinter der Fee her, die wie ein junges Fohlen auf und nieder hüpfte und ihm immer wieder triumphierend auswich. Zorro, der sich als blutjunge, entzückende Französin herausstellte, schnitt mit einem Säbelstreich dem Indianer seinen Lendenschurz entzwei, so dass er nur noch mit seiner einsamen Feder am Kopf bekleidet dastand. Dem blonden

Stierkämpfer schrumpfte das prachtvolle Gewand derartig am Leib, dass seine Stimme zum Falsett zu werden drohte, er damit aber trotzdem noch die Südseeprinzessin becircen wollte, die einen ausgewachsenen Lachkrampf davon bekam. Barbarossa riss weiter seine dreckigen Witze für Mata Hari, brachte sie aber nur zu wilderem Johlen, weil sich sein Papagei in ihr Dekolleté verirrt hatte.

Der Bischof dümpelte mit dem blanken Wanst nach oben wie eine Boje auf und ab und amüsierte sich auf seine Weise, während unter ihm verdächtige Luftblasen aufstiegen.

Und dann war der Indianer mit seiner einsamen Feder der erste, der mit schmerzverzerrtem Gesicht aus dem Wasser geschossen kam, sich schüttelte und schrie: "Quallen, Quallen!" Direkt hinter ihm folgte kreischend die Südseeprinzessin, unterdessen ihres Blumen-BHs entledigt. Mit gellenden Rufen stürzte auch der Bischof an Land, seine Soutane um den Bauch gerollt und sich wie verrückt auf den weiß leuchtenden Hintern schlagend.

In kürzester Zeit flohen alle Festteilnehmer, jeder wie er gerade konnte, auf den rettenden Strand. Dort organisierte sich ein spontanes und kollektives "Kratzfest", das von lauten und mehrsprachigen Flüchen untermalt wurde.

Ich war währenddessen auf meinem Posten im knietiefen Wasser geblieben und genoss aus der allerersten Reihe den unterhaltsamen und einzigartigen "Tanz der Halbkostümierten" auf dem Sand.

Die Fee bemerkte als Erste, dass ich immer noch unbeirrt im Wasser stand, und rief, sich die Beine grimmig kratzend: "Schaut alle her, unserer Qualle haben sie nichts getan!" Der Bischof rieb sich ebenso frenetisch sein Hinterteil und ergänzte sinnigerweise:

" Nächstes Jahr müssen wir uns halt alle als Quallen verkleiden!"

Seit dieser Nacht ging unter den Bewohnern von Cala d'Or das Gerücht um, dass ein Quallenkostüm das einzige probate Mittel sei, sich vor den schmerzhaften Berührungen einer Meduse zu schützen.

Es war tatsächlich mein Kostüm gewesen, das mich vor den Attacken der Quallen bewahrt hatte. Aber es war nicht der Regenschirm gewesen, auch nicht der Zementsack oder das in Streifen geschnipselte Nachthemd, sondern die Strumpfhose. Quallen verabscheuen Nylon und sind nicht in der Lage, diese engmaschigen synthetischen Fasern zu durchdringen.

Deswegen ist mein Rat als "Herr der Quallen" für den kommenden Sommer einfach: Lasst alle Bikinis, Tanktops, Tangas und sonstigen Ausgeburten der Bademodenindustrie zuhause und zieht euch Strumpfhosen an, wenn ihr ins Wasser wollt! Alles nach dem Motto: "Wenn dich die Quallen nicht brennen sollen, musst du einfach in Strumpfhosen tollen! Natürlich trieben sich im Hochsommer auch in den Tagen meiner Kindheit viele Quallenschwärme vor den Stränden herum. Aber ihre Anzahl und die Häufigkeit ihres Erscheinens waren geringer und nicht so beachtlich wie heute, und vor allem tummelten sich damals weniger Touristen im Wasser. Aus heutiger Sicht ist die Entwicklung fatal: für Schildkröten waren und sind Quallen ihr Leibgericht. Sie sorgen normalerweise mit ihrem Appetit für die angemessene Dezimierung und gleichzeitig für die Regulierung der Quallenpopulationen.

Damals waren im Mittelmeer noch nicht so viele Fischfangflotten mit ihren kilometerlangen Schleppnetzen unterwegs, die innerhalb kürzester Zeit mit der marinen Fauna aufräumen und das ökologische Gleichgewicht des "Mare Nostrum" aus den Fugen geraten lassen. Dieses systematische, Tod bringende, intensive und erbarmungslose Abfischen ist schuld daran, dass eine Vielzahl von hier vorkommenden, heimischen Spezies, darunter auch die Quallen fressenden Schildkröten, fast ganz verschwunden ist.

Und die wenigen Schildkröten, die sich vor den Todesnetzen retten können, sterben einen qualvollen Erstickungstod, wenn sie die überall herum schwimmenden Plastiktüten für ihre Leibspeise halten und verschlucken.

Gleichzeitig verursacht die zunehmende Luftverschmutzung eine immer schneller voranschreitende Klimaerwärmung, deren Folgen sich auch auf die Meere auswirken, vor allem auf das Mittelmeer, unser beliebtes "Urlaubsmeer". Dieses Phänomen beschleunigt die Ausbreitung und die rasante Vermehrung der Quallen, nicht nur in den Sommermonaten, sondern konstant über das ganze Jahr.

Ab sofort und in der Zukunft werden Quallen beim Baden, beim Plantschen und beim Spielen am seichten Ufer im Urlaub genauso selbstverständlich sein wie Badehose und Sonnencreme!

In den vergangenen Sommern sind Quallen ein bevorzugtes Gesprächsthema an den beliebtesten Strandabschnitten des Mittelmeers geworden, vor allem wegen der Ausbrüche von kollektiver Hysterie und Panik, die auch noch tüchtig durch die Medien angeschürt werden.

Meine Meinung als "Quallenexperte" ist, dass es einen direkten Zusammenhang gibt zwischen den Millionen Badegästen an unseren Stränden und dem gleichzeitigen massiven Auftreten von Quallen: also, je mehr Badende, umso mehr Quallen. Und diese These lässt sich sehr einfach erklären: Der überwiegende Teil der Urlauber badet am liebsten im nicht so tiefen Wasser, in der Nähe eines Strandes, weil es da so angenehm warm ist. Die Menschen entlassen dabei Unmengen Kubikmeter von multinationalem Pipi ins Wasser, und heizen damit die "farblose, salzige Brühe" noch mehr auf, bis sie fast Körpertemperatur erreicht. Fische, Krebse, Muscheln, Seesterne und anderes Meeresgetier haben sich vor der drohenden Gefahr in tieferes Gewässer geflüchtet, aber die Quallen fühlen sich in dieser trüben Suppe sichtlich wohl, in der außer den Menschen nur noch die Fettaugen von deren Sonnenöl schwimmen.

Um eine wirkliche Katastrophe abzuwenden, könnten wir es halten wie die Gourmets auf den Philippinen und unsere viel gepriesene mediterrane Diät um die glibberigen Tierchen erweitern. Dort werden Unmengen von Salaten aus Quallen verspeist, die, mit Ingwer und reichlich Knoblauch gewürzt, so gerne gegessen werden wie bei uns eine opulente Meeresfrüchteplatte. Weitere Vorteile einer derart innovativen Diät wären zudem ein rasanter Preisverfall bei Fisch und allen anderen Meeresleckerbissen sowie der Rückgang der unseligen Überfischung unserer Meere.

Die Erwärmung des Mittelmeeres hat noch einen anderen Nebeneffekt, der aber keineswegs weniger unheilvoll ist, nämlich die dramatisch hohe Neuansiedlung fremder Arten, vor allem solcher aus den tropischen Ozeanen. Wo früher Myriaden von Sardinen, Goldbrassen und Thunfischen lebten, vermehren sich jetzt so exotische Arten wie Kugelfische und Barrakudas aus dem Roten Meer, Barsche aus dem Indischen Ozean, allesfressende Riesenkrabben aus den Tropen und sogar einige Haiarten wie der Hammerhai und der Furcht einflößende weiße Hai. Da diese tropischen Fische sehr widerstandsfähig und aggressiv gegenüber einheimischen Arten sind, verdrängen sie diese aus ihrer angestammten Umgebung, bis sie ganz verschwinden.

Und die Quallen, ohne die Verfolgung durch ihre natürlichen Gegner, besiedeln im Nu die frei gewordenen Lebensräume ihrer vormaligen Fressfeinde.

Die Sensationsmedien werden nicht lange zögern, diese alarmierende biologische Entwicklung auf ihre Weise auszuschlachten und Schlagzeilen um die Welt zu schicken, die da lauten könnten: "Quallen und Haie erobern das Mittelmeer und machen es zum Meer des Todes!", "Hilfe! Quallen, Haie und andere Seeungeheuer machen Jagd auf Badegäste!",

" Rette sich wer kann, die Meeres-Apokalypse ist über uns gekommen!" Die Folge solcher Überschriften bei Touristen und Einheimischen wird unausweichlich die überstürzte Räumung der Strände sein, und eine Art Exodus in Richtung städtischer Schwimmbäder oder ländlicher Baggerseen wird einsetzen. Bloß würden diese Einrichtungen dem Ansturm der Leute nicht gewachsen sein, auch wenn sich alle wie Sardinen nebeneinander quetschten.

Wer trotzdem nicht auf ein richtiges Bad im Sitzen oder Liegen verzichten möchte, wird sich in Zukunft mit der heimischen Badewanne zufrieden geben müssen. Das wiederum ist ein Bild, das in mir die unerträglich heißen Sommer in Madrid wachruft, wo man ohne Klimagerät oder Ventilator und ohne Eiswürfel durchhalten musste, und wo ich stundenlang in der Wanne untertauchte, während der Wasserhahn nur tröpfchenweise seinen Dienst tat und statt kaltem Wasser ein laues Nass in Raumtemperatur preisgab.

Vor nicht allzu langer Zeit ging ich einmal am alten Pier in Triest spazieren, einer geschichtsträchtigen Ecke an der nördlichen Adria, und schaute auf die silbrigen Schwärme winzig kleiner Fische im grün schimmernden Hafenbecken. Da es gerade Zeit für einen Aperitif war, beschloß ich, sie mir als Cocktail-Sardellen vorzustellen.

Eine einsame Flasche, anscheinend leer und bar jeder Botschaft in ihrem Inneren, aber außen über und über mit kunstvoll angeordneten Muschelbüscheln besetzt, dümpelte nahe an den mächtigen Felsbrocken der Mole herum.

Myriaden schwarzer Miesmuscheln besiedelten die gegen das anrollende Meer aufgetürmten Felsen und erinnerten mich stark an die Masse der badenden Urlauber, die sich an den nahen Stränden drängten.

Als ich so den interessanten Zuckungen des geballten "Sardellenschwarmes" zuschaute, fiel mein Blick auf einen Gegenstand, der einer aufgeplusterten Plastiktüte ähnelte und sich langsam am grünlichen Grund entlang bewegte. Auf einmal brachten von einem startenden Boot ausgehende Wasserturbulenzen die Tüte näher an die Oberfläche und in meinem Blickfeld erschien die Silhouette eines Riesenpilzes von mehr als einem halben Meter Durchmesser, von dessen lila Ausstülpungen dünne Tentakel derselben Farbe mehrere Handbreit in die Tiefe baumelten und sich elegant im Wasser wiegten.

Als sich noch ein zweites Exemplar der erstaunlichen Wasserpilze näherte, gab es keinen Zweifel mehr: Es handelte sich nicht um Halluzinationen meinerseits, sondern um wahre Quallenzyklopen aus einem fernen Ozean. Zuerst dachte ich noch, das auffällige Riesenpaar sei womöglich aus einem nahen Aquarium entwichen. Aber am selben Tag konnte ich wenige Kilometer entfernt, am Fuße des wunderschönen Habsburger-Palais Miramar, Dutzende ihrer Artgenossen entdecken, die majestätisch und sehr lila wenige Meter vom Ufer durch die Dünung schwebten. Das bewies eindeutig, dass auch exotischere Quallen den Weg ins Mittelmeer gefunden haben und es für sich erobern wollen.

Während der unvorstellbar langen Zeit ihres Vorhandenseins haben Quallen unendlich viele andere Gattungen aus dem Tierreich überlebt, sogar die Dinosaurier. Und wenn der "Homo Sapiens" nicht bald mit der selbstzerstörerischen Jagd auf alle Lebewesen des bewohnten Planeten aufhört und ihren Verzehr nicht signifikant einschränkt, wird er genauso enden wie die Reptilien aus der Vorzeit, deren Knochen und Fußabdrücke heute nur noch versteinert anzutreffen sind. Die "fliegenden Untertassen des Meeres", meine Meeres-Ufos, werden dagegen weiterhin alle sieben Weltmeere bevölkern, wie sie es schon die letzten 650 Millionen Jahre getan haben.

I

Sterne

Schon immer haben mich Sterne begeistert. Ich kann mich nicht mehr genau erinnern, ob ich als Kind in klaren Nächten mehr Zeit damit verbrachte, zu schlafen oder stundenlang gebannt in den Himmel zu starren.

Bei so viel Sternegucken wäre es nicht verwunderlich gewesen, wenn meine Halswirbelsäule für den Rest meiner Tage einen Knick nach hinten bekommen hätte und ich für immer unfähig gewesen wäre, auf meine Füße zu schauen. Jedenfalls ging ich damals an vielen wolkenlosen Abenden auf die Dachterrasse unserer Madrider Wohnung und betrachtete das wunderbare Universum über meinem Kopf, das meiner Phantasie Flügel wachsen ließ.

Auch der mysteriöse Mond zog mich magisch an, wie er beim Zunehmen immer deutlicher sein strahlendes, lächelndes Gesicht zeigte, um dann immer schmächtiger zu werden, bis er einfach verschwand. Und trotzdem veränderte er das Jahr über nie sein Antlitz, was in meinem zarten Alter durchaus schwer zu verstehen war.

An "meinem" Firmament fehlte auch nicht der Stern von Bethlehem. Das war immer der, den ich zuerst oben erspähen konnte, in Wirklichkeit war es wahrscheinlich die Venus oder irgendein anderes Gestirn, aber das war nicht wichtig.

Der absolute Höhepunkt all meiner nächtlichen Beobachtungen waren aber die Stern-schnuppen. Vor allem seit dem Tag, an dem meine Eltern mich aufklärten, als sie mein besonderes Interesse an den Sternen bemerkten: "Wenn du dir in dem Moment, in dem eine Sternschnuppe vom Nachthimmel fällt, etwas wünschst und es niemandem verrätst, geht dein Wunsch in Erfüllung." Weil aber das unerwartete Aufblitzen eines solchen Schweifsternes mich jedes Mal komplett überrumpelte, war ich nie schnell genug, um mir rechtzeitig einen Wunsch zurechtzulegen. Deshalb war ich auch nicht besonders enttäuscht, wenn mein "zu spät gedachter Wunsch" niemals in Erfüllung ging.

Um in wolkenverhangenen oder regnerischen Nächten nicht ohne Sterne auskommen zu müssen, improvisierte ich in meinem Zimmer mein eigenes Himmelszelt. Fein säuberlich schnitt ich aus Karton Dutzende Sterne in verschiedenen Größen aus und überzog sie mit Silberpapier. Die hängte ich dann überall im Zimmer auf. So glänzten sie für mich wie echte Sterne, sobald neben dem Bett eine Kerze angezündet wurde.

Es war die Zeit, als Madrid anfing, sich in alle vier Himmelsrichtungen – und auch vertikal – auszubreiten. Die Stadt erhellte sich nachts immer mehr. Die Laternen an Straßen und Boulevards, die zunehmende Zahl der Autos mit ihren Scheinwerfern, die ausufernden Leuchtreklamen und die modernen, glasumhüllten Wolkenkratzer, die wie gigantische Neonröhren aufrecht standen, machten die Nächte zu künstlichen Tagen.

In ihrem neuartigen, ruhelosen Leben schienen die Menschen gar nicht mehr ins Bett gehen zu wollen. Man konnte meinen, in Madrid würde es niemals dunkel. Je mehr künstliches Licht die Nächte eroberte, umso mehr Sterne verblassten. Aber der "Sternenausfall" am Madrider Himmel war ein schleichender Prozess und schien niemanden zu stören; niemand merkte, was sich jede Nacht dort über unseren Köpfen abspielte. Mein Eindruck war, dass mit dem Verschwinden der Sterne das Sehvermögen der immer gestressteren Menschen abnahm und sich ihr nächtliches Universum nur auf ihren leuchtenden Fernsehschirm beschränkte.

Zum Glück beschlossen meine Eltern irgendwann, als ich noch ein kleines Kerlchen war, die Sommerferien auf Mallorca zu verbringen. Schon Wochen vor unserer Abreise war ich völlig aus dem Häuschen, wenn ich mir vorstellte, wie ich im Wasser plantschen würde. Muscheln und Schnecken wollte ich am Strand suchen, Sandburgen bauen und mit meinem Käscher alles fischen, was nicht niet- und nagelfest war. Solche Gedanken sausten durch mein kleines Hirn und verbannten für einige Zeit meine Passion für die Sterne auf den zweiten Platz.

Kaum im verträumten Cala d'Or angekommen, wo meine Eltern ein Ferienhaus gemietet hatten, rannte ich zum Strand und warf mich in die türkisblauen Fluten. Dieser Flecken auf Mallorca war noch viel großartiger, als ich es mir jemals hatte träumen lassen! Am Abend tauchten im Westen die Strahlen der untergehenden Sonne den Himmel in feuriges Gold, während im Osten das Blau intensiver wurde und langsam der Nacht den Weg bereitete.

Mein "Stern von Bethlehem" lugte als erster hervor, aber mit einem

Glanz und einer Helligkeit, die ich bis dahin noch nicht kannte. Je dunkler die Nacht herabsank, umso mehr Sterne prangten am Firmament. Ich war sprachlos und konnte kaum fassen, was ich sah: es war das allerschönste Himmelsgewölbe, das ich je gesehen hatte. Der Nachthimmel über Madrid erschien mir im Vergleich dazu wie ein fahles, armseliges Schwarzweißfoto.

In dieser Nacht beschloss ich, während der Ferien meine tägliche Mit-

tagsruhe auszudehnen. Nachts im Bett wartete ich dann ungeduldig, bis meine Eltern eingeschlafen waren. Das war leicht festzustellen, denn mein Vater schnarchte so laut, dass ich es über den Gang hören konnte. Nur mit einer Unterhose bekleidet huschte ich in den Garten, setzte mich auf eine Steinbank und versank mit all meinen Sinnen in diesem strahlenden, faszinierenden Sternenmeer. Wenn ich spürte, dass mein Genick steif wurde, legte ich mich einfach auf die Bank, und es dauerte meistens nicht lange, bis ich unter den himmlischen Lichtern einschlief.

Zum Glück entdeckten meine Eltern nie meine nächtlichen Eskapaden, denn ich wachte immer rechtzeitig vor Ende der Morgendämmerung auf, wenn der letzte Stern sich leise von mir verabschiedete. Vorsichtig trat ich den Rückzug in mein Zimmer an, noch bevor meine Eltern munter wurden.

Jahre später, als aufgeweckter und – wie ich zugeben muss – etwas frühreifer Jüngling, erstand ich mit etwas Erspartem ein kleines Ruderboot. Es lag in Cala Llonga gegenüber den escars der Fischer vertäut. Mit ihm fuhr ich hinaus zum Angeln und ruderte die Südostküste der Insel mit ihren unvergleichlichen Buchten ab. Die meisten von ihnen zeigten sich jungfräulich und noch gänzlich unberührt von Tourismus und Immobilienspekulation. Auch Fische gab es reichlich und in allen Variationen.

Die Sterne faszinierten mich immer noch genauso, nur jetzt mit mehr "Tiefgang". Ich träumte davon, in einer ruhigen Nacht ohne Wind und Wellengang so weit von der Küste wegzurudern, bis mich von allen Richtungen nur Wasser und Sterne umgaben.

Es war eine laue Nacht voll funkelnder Sterne. Ihr Schein spiegelte sich auf der friedlich daliegenden Meeresoberfläche. Draußen, weitab von der Küste, färbten tiefe Abgründe das stille Meer schwarz und ließen es eins werden mit dem dunklen Himmel. Dort, in diesem undurchsichtigen, regungslosen Gewässer, das dalag wie dickflüssiges Öl, legte ich die Riemen ins Boot. Inmitten der absoluten Stille ließ ich mich ins bleierne Meer gleiten. Ich schwamm nicht auf dem Wasser, sondern durch das Schweigen des unendlichen Raumes. Alle Sterne waren zum Greifen nahe, und die Frage „Wo kommen wir her und wo gehen wir hin?", die wir während unseres ganzen Lebens auf diesem winzigen Planeten wie eine Last mit uns tragen, war auf einmal nicht mehr wichtig...

Der Siphon

Der Siphon gehört zu den ersten Erinnerungen an meine Kindheit auf Mallorca und bleibt mir als ein geradezu wunderbares Ding im Gedächtnis. Schon bei meiner ersten Begegnung mit ihm zog er meine geballte

Neugier auf sich. In meiner überbordenden Phantasie malte ich mir eine Unzahl „siphonischer Variationen" aus. So stellte ich mir die Verschlusskappe mit dem nach unten abgewinkelten Röhrchen und dem elegant nach oben geschwungenen Hebel als festen Bestandteil der Mutterbrust und Ersatz der altbekannten Brustwarze vor. Ich war überzeugt, dass es eine ganz neue Erfahrung sein müsste, auf diese Weise an der Mutterbrust zu trinken, und dass die Sache noch aufregender wäre, wenn die Muttermilch bläschensprudelnd aus dem Röhrchen schösse. Es ist daher nicht verwunderlich, dass die Ankunft des altersschwachen Lieferautos des sifoner — angekündigt mit lautem Hupen von Anbeginn seiner Fahrt in dem einige Kilometer von Cala d´Or entfernten Calonge — für mich jedes Mal ein Erlebnis war. Mich interessierten weder die vielfältigen traditionell abgefüllten Limonaden, Biere und sonstigen Getränke, noch die großen und vorsintflutlich anmutenden Eisblöcke, mit denen die Kühlschränke Tag für Tag gefüttert wurden. Meine Neugier konzentrierte sich vielmehr auf die ausgeblichenen Holzkisten mit ihren jeweils sechs Siphons, die der Ausfahrer der Getränkefabrik zum Klang seiner heiseren Hupe herankarrte.

Ich erinnere mich noch an den Tag, als es mir zum ersten Mal gelang, einen Stuhl zu erklimmen – ich war noch sehr klein und musste dabei mein umgedrehtes Töpfchen als Kletterhilfe benutzen – und mit der Nasenspitze die Kante des Esstischs zu erreichen. Endlich konnte ich diesen faszinierenden Siphon aus der Nähe in Augenschein nehmen. Neben dem Aschenbecher aus bemalter Keramik und der Schachtel mit Wachspapierstreichhölzern war diese eindrucksvolle Flasche Teil der Tisch-Utensilien, denn – und das war so sicher wie das Amen in der Kirche – mein Vater trank als Aperitif ein Glas Vermut mit einem Spritzer Sodawasser und gönnte sich zum Abschluss der Mahlzeiten als „Nach-Nach-tisch" regelmäßig ein paar Glimmstängel.

Es war mir damals unerklärlich, wie es sein konnte, dass beim bloßen Betätigen des Hebels eines Siphons ein Strahl Sprudelwasser aus jenem Röhrchen schoss, das mich an mein eigenes „Pullermännchen" erinnerte, denn so sehr ich mich auch anstrengte, konnte ich doch mein Röhrchen nicht nach Belieben aktivieren. Letztendlich kam ich zu dem Schluss, dies müsse wohl daran liegen, dass ich nicht mit einem Hebel ausgestattet war, denn es gelang mir nie, dieses „Sprudeln" des Siphons in zufriedenstellender Weise nachzuahmen, wann immer ich wollte.

Als ich schließlich klammheimlich bis auf den Tisch geklettert war und mich auf allen Vieren der hypnotisierenden Flasche näherte, ahnte ich noch nicht, was für eine Katastrophe meine Neugier kurz darauf auslö-sen würde. Ich näherte meine Lippen mit Herzklopfen dem Röhrchen und drückte mit all meiner durch die Erwartung aufgestauten Kraft beid-händig den Hebel herunter, um aus nächster Nähe einen Schluck dieser magischen Flüssigkeit mit ihren flüchtigen Perlen zu erhaschen.

Ohne Vorwarnung verpasste mir der kräftige Strahl eine Ganzkörper-dusche. Vor lauter Schreck blieben meine Hände wie Kletten am Hebel haften, bis die Flasche leer war und der letzte Tropfen – begleitet von einem kräftigen Rülpsgeräusch – ihr Inneres verlassen hatte.

Der ungebändigte Strahl setzte die Tischplatte ebenso unter Wasser wie die frisch gebügelte Stickerei-Tischdecke. Seine ungezügelte Kraft schleuderte Kippen, Streichhölzer und nasse Asche aus dem Aschenbe-cher und hinterließ auf Tischdecke, Tisch, Wand und Gardinen kunst-volle Spritzer und Zeichnungen und surrealistische Kompositionen.

Völlig verdattert und noch ziemlich erschrocken ließ ich mich vom Tisch zu Boden gleiten und flüchtete mich mit meinem Töpfchen unter dem Arm auf Zehenspitzen in mein Zimmer.

Als meine Eltern Stunden später völlig ahnungslos nach Hause kamen und dieses unerwartete Chaos sahen, war es für sie undenkbar, dass ein Dreikäsehoch wie ich imstande gewesen sein sollte, ein solches Durcheinander anzurichten, und diese Vorstellung schien ihnen noch abwegiger, als sie mich – scheinbar schlafend und mit Unschuldsmiene – in meinem Bett vorfanden.

Folglich glaubten sie an ein technisches Versagen als einzig mögliche Ursache und gingen davon aus, dass die Flasche plötzlich und explosionsartig ihres Inhalts verlustig gegangen war und so das heimische Desaster herbeigeführt hatte. Sie gaben das leere corpus delicti mit deutlichen Unmutsäußerungen und unter detaillierter Schilderung des Vorfalls an den ziemlich angetrunkenen sifoner zurück, der sich nicht traute, die Wohnung zu betreten und sich selbst ein Bild von der Bescherung zu machen. Seine Bestürzung war aber so groß, dass sich der Alkohol in seinem Gehirn augenblicklich verflüchtigte. Offenkundig wieder klar im Kopf, erklärte er meinen Eltern, dass es für ihn und seinen Chef katastrophale Folgen hätte, wenn das Geschehene öffentlich bekannt würde. Spontan erbot er sich, ihnen fortan kostenlos so viele Siphons zu liefern, wie sie nur wollten, und auch immer deren ordnungsgemäßen Zustand zu prüfen. Mit ein paar gut eingeschenkten Gläsern Wermut mit Soda auf der staubigen Motorhaube seines Schrotthaufens auf Rädern wurde der Handel besiegelt. Wie so viele andere geniale Erfindungen aus früheren Zeiten ist auch der Siphon heutzutage immer seltener zu sehen. Und wenn mir heute in einer Dorfkneipe ein einsames Exemplar begegnet, werde ich ein wenig nostalgisch.

Aus meinem persönlichen Umfeld allerdings ist der Siphon ganz und gar nicht verschwunden. Ich begann nämlich schon damals, als er noch fester Bestandteil des Alltagslebens war, mit den zwei oder drei Pesetas, die ich zur Verfügung hatte, alle möglichen „in den Ruhestand geschickten" Siphons zu kaufen. Meine Schulkameraden waren in jener Zeit nur an Sammelbildchen interessiert und betrachteten mich angesichts meiner „Siphonomanie" einmal mehr als „Wesen von einem anderen Stern", um nicht zu sagen als plemplem.

Meine Siphonsammlung ist im ganzen Haus verteilt, sogar in der Garage, und konserviert „meine Erinnerungen an das Siphonzeitalter". Die Flaschen sind leer, aber in ihrem Inneren bewahren sie, wie in einer Muschelschale, all das, was nicht allein meiner Phantasie entsprungen ist...

Die Ball-Hupe

Zu den Bohemiens und Künstlern unter meinen Vorfahren zählten auch mehrere Musiker, die einen mehr, die anderen weniger „professionell". Es liegt mir fern, mich hier über meine erblichen Vorbelastungen auszulassen, doch erscheint mir der Hinweis angebracht, dass ich meine offensichtliche Affinität zur Musik und meine ohne mein Zutun für harmonische Schallwellen höchst empfänglichen Trommelfelle ohne Zweifel besagten Vorfahren verdanke, die Bohemiens im doppelten Wortsinn dieses französischen Begriffes waren.

Einer der ersten Töne, an denen mein Gehör Gefallen fand, war möglicherweise der jener Ball-Hupen, mit denen die Autos vor langer Zeit ausgerüstet waren. Ich habe das große Glück, in einer Zeit geboren worden zu sein, als auf den mit Pflastersteinen aus Granit kunstfertig gepflasterten Madrider Straßen noch einige Autos mit Ball-Hupe fuhren. Selbst die mit einer Esels- oder Mulistärke bewegten Karren verfügten über Ball-Hupen und erbrachten damit quasi den Beweis für die Fortschrittlichkeit des Straßenverkehrs auf der Iberischen Halbinsel. Die auf derartige Karren montierte Ball-Hupe war zweifelsohne eine lokale Erfindung für den damaligen Verkehr auf den Straßen der Metropole.

Ich vermute, dass die Hupsignale die ersten musikalischen Schallwellen waren, die von der Straße durch das Fenster meines Zimmers drangen und meine noch unerfahrenen Trommelfelle kitzelten, und es nicht gelogen, wenn ich sage, dass noch heute jedes Hupen, das ich höre, sogleich die Erinnerungen an meine Kindheit wach werden lässt. Allerdings sind die Töne der Ball-Hupen heutzutage auf den Straßen nicht mehr zu hören, so dass ich mich damit trösten muss, sie mir in den Filmen von Charlie Chaplin, Buster Keaton oder Dick & Doof anzuhören.

Es wäre logisch erschienen, wenn ich mich im Rahmen meiner Musikausbildung und des Erlernens eines Instruments für ein Waldhorn oder ein ähnlich laut tönendes Blasinstrument entschieden hätte. Meine Wahl fiel jedoch auf ein Saiteninstrument, nämlich die klassische Gitarre. Vielleicht wurde meine Entscheidung durch die Tatsache beeinflusst, dass mein Vater die Angewohnheit hatte, bei abendlichen Partys und Feiern mit Freunden, die bei uns zu Hause übrigens recht häufig stattfanden, Gitarre zu spielen.

Als ich zu Weihnachten mein erstes Spielzeugauto – eine Blechbüchse mit vier gummibereiften Rädern und aufgemalten Autotüren und -fenstern – bekam, stellte ich sofort fest, dass ihm ein unverzichtbares Zubehör fehlte, nämlich eine Ball-Hupe. Meine stimmliche Nachahmung eines mit Vollgas laufenden, starken Automotors schien mir unvollständig, wenn sie nicht von entsprechenden Huptönen begleitet wurde. Meine unablässige Quengelei war so penetrant, dass mein Vater schließlich mit mir auf den Madrider Flohmarkt Rastro ging und für mich eine alte Ball-Hupe aus Messing erstand, deren schwarzer Gummiball zwar schon sichtbar abgegriffen war, deren Ton aber – zumindest in meinen Ohren – perfekt klang. Diese Hupe ließ mein Kinderherz vor Glück hüpfen. Da mich mein Vater aber darauf hinwies, dass sie nur in Verbindung mit dem Auto betätigt werden dürfe, musste ich mich in meiner unbändigen Vorfreude bis zu Hause gedulden, um sie endlich ausprobieren zu können. Kaum daheim angekommen, holte ich mein Auto, knotete ein Stück Schnur an die Vorderachse und begann, es den langen Flur unserer Wohnung auf und ab rennend hinter mir herzuziehen. Dabei drückte ich den Gummiball mit beiden Händen immer wieder zusammen und machte einen Lärm, der wohl genauso nervtötend und durchdringend war wie das Heulen einer Krankenwagensirene.

Es dauerte nicht lange, bis meine Eltern völlig entnervt beschlossen, mit mir auf ein nahe gelegenes freies Feld zu gehen. Dort konnte ich nach Herzenslust mit meinem an der Schnur hängenden Spielzeug herumrennen und dabei mit beiden Händen unablässig meine Ball-Hupe betätigen. Meine Eltern schlichen sich klammheimlich nach Hause, und sogar die Straßenköter, die für gewöhnlich auf dem unbebauten Gelände ihre Siesta hielten, suchten unter Protestgejaule das Weite.

Mit der in meinen Augen zyklopischen Hupe fühlte ich mich wie der stolze Besitzer einer Luxuslimousine und fuhr in meiner Phantasie an einer riesigen Zuschauermenge vorbei, die dieses Spektakel mit sprachloser Bewunderung verfolgte.

Ich weiß nicht, wie lange ich dort auf freiem Feld umherlief und ohne Unterlass die Ball-Hupe erklingen ließ. Mit der Zeit verkrampften sich meine Finger immer mehr, so dass das frenetische Gehupe zwangsläufig abnahm. So sehr ich mit meinen gequälten Fingern auch zuzudrücken versuchte, verweigerten diese mir doch zunehmend den Gehorsam, bis die Hupe schließlich ganz verstummte und somit der Vorhang auf meiner imaginären Bühne fiel. Meine Finger brannten wie Feuer und meine Stimme versagte ob der intensiven Nachahmung des Motorgeräuschs meines Phantasieautos, und so machte ich mich auf den Heimweg, erschöpft und glücklich zugleich, die Ball-Hupe über die Schulter gehängt und das Blechauto wie einen Anhänger hinterher ziehend.

Damals gab es in den Städten und an den Ortseingängen noch mein Lieblings-Verkehrszeichen, mit dem ein Hupverbot angezeigt wurde. Nach meinem Empfinden war es das Verkehrsschild mit dem originellsten und kunstvollsten Symbol. Bei genauerer Beobachtung konnte ich feststellen, dass es dieses Schild in verschiedenen Varianten gab, wobei die darauf dargestellte Ball-Hupe mehr oder weniger geschwungen sein konnte, manchmal die Form eines umgedrehten S hatte oder auch nur in stilisierter Form zu sehen war, weshalb ich der Meinung war, diese Schilder seien wahre Meisterwerke der Handwerkskunst.

Was hätte ich darum gegeben, die Wände meines Zimmers mit solchen runden Schildern zu „tapezieren", auf denen die schwarze Ball-Hupe in einem roten Kreis mit einem ebenfalls roten diagonalen Balken prangte! Leider sind diese Verkehrszeichen inzwischen verschwunden oder vom Zahn der Zeit unkenntlich gemacht worden.

Vor vielen Jahren, in den Sommerferien auf Mallorca, wurde eines dieser legendären Schilder mit der Ball-Hupe einmal zum Protagonisten eines meiner Streiche.

Der Pfarrer des Nachbardorfs – er war übrigens päpstlicher als der

Papst – hatte am Dorfeingang und genau vor dem Hupverbotsschild einen Pfahl mit einem Schild aufstellen lassen, auf dem die Gottesdienstzeiten zu lesen waren, was mich auf die Idee zu folgender Spitzbüberei brachte:

Zur Durchführung meines streng geheimen Plans wartete ich eine Vollmondnacht ab, weil ich wusste, dass die Zweimann-Streife der Guardia Civil dann, wie in so hellen Nächten üblich, nicht in der Nähe sein, sondern am Strand nach Schmugglern Ausschau halten würde. Um nicht erkannt zu werden, bedeckte ich meinen Kopf mit einem bei meiner Mutter ausgeliehenen bunten Tuch und band mir die Küchentischdecke über der kurzen Hose um den Bauch, um einen Rock vorzutäuschen. Ich vergewisserte mich, dass die Straße verlassen dalag und die Dorfkneipe nicht mehr geöffnet war. Dann schraubte ich mit meinem Taschenmesser vorsichtig das Schild mit den Gottesdienstzeiten ab und befestigte es mit dem Draht eines Kleiderbügels eine Handbreit unter dem Verkehrszeichen.

In dem kleinen, verschlafenen Nest wirbelte dieser harmlose Scherz einigen Staub auf und löste zahllose Mutmaßungen über die Täterschaft aus. Sogar ein Zeuge fand sich, der in jener Nacht die Umrisse einer schmächtigen Frau gesehen haben wollte, die durch das Gestrüpp am Ortseingang schlich, und schon bald danach machte das Gerücht die Runde, es könne sich um eine Hexe gehandelt haben. Angesichts dieser allgemeinen Aufregung und Verwirrung fühlte sich der Pfarrer verpflichtet, in seiner sonntäglichen Predigt „das Werk des Teufels" zu thematisieren, nicht ohne zuvor den Schmied beauftragt zu haben, das Schild vor versammelter Einwohnerschaft abzumontieren und für immer und ewig an dem ihm zugedachten Pfahl in vorderster Linie am Ortseingang anzuschweißen. Anschließend segnete er es feierlich, damit das Böse nicht wieder daran Hand anlege. Wie nicht anders zu erwarten, tauchte die Hexe nie wieder auf.

Ganz oben auf dem Bücherregal liegt noch immer die Ball-Hupe, die mir mein Vater auf dem Rastro kaufte.

Manchmal, wenn ich sie abstaube, drücke ich ganz sanft auf ihren erschlafften und brüchigen Gummiball, dem schon vor Jahren die Puste ausging. Doch wenn ich die Augen schließe, spüre ich wieder das vertraute Kitzeln an meinen Trommelfellen, die seit damals allerlei akustische Erfahrungen sammelten.

Schlüssel

Für mich, einen "immer naseweisen und quirligen Lausbuben", wie meine Mutter zu sagen pflegte, war Mallorca der Lieblingsplatz für alle möglichen Abenteuer und Eskapaden. Ich taufte es kurzerhand die "Insel der offenen Türen", weil ich die angeborene Gastfreundschaft der Mallorquiner kennen gelernt hatte, die ihre Haustüren tatsächlich immer offen stehen ließen, und für die "Schlüssel" fast ein Fremdwort war.

Das beeindruckte mich sehr, denn ich war ja in Madrid auf die Welt gekommen und kannte bis jetzt nichts anderes, als dass Eingangstüren akkurat zu jeder Tages- und Nachtzeit mit ihren entsprechenden Schlüsseln immer wieder auf- und zugesperrt werden mussten, und dass das Mitführen eines umfangreichen Schlüsselbundes mindestens genau so normal war wie das Einstecken der Brieftasche oder des Geldbeutels. Nachts patrouillierten die legendären Nachtwächter durch die Straßen der Hauptstadt, von mir als Kind respektvoll "wandelnde Schlüsselbunde" genannt. Wie oft träumte ich damals davon, auch so ein Nachtwächter zu werden und als "Herr der Schlüssel" mein Brot zu verdienen. Leider hatte ich nicht daran gedacht, dass die Ausübung meines Traumberufs auf Mallorca, der schlüssellosen "Insel der offenen Türen", so gut wie sinnlos gewesen wäre.

Trotzdem faszinierten mich diese immerhin gut zwei Handbreit großen Ringe voller Schlüssel ungemein, deren Rasseln und Klimpern durch die leeren Straßenschluchten hallte, wenn der Nachtwächter auf das Klatschen der Kundschaft hin herbeieilte. Und wie geschickt der Mann dann im Finstern aus den Dutzenden von Schlüsseln an seinem Reif den genau passenden herausfischte! Vielleicht waren das die Eindrücke, die sich in mein kindliches Hirn eingruben und mich einen Schlüssel nicht als ein Instrument zum Verschließen, sondern zum Öffnen einer Tür sehen ließen. Jahre später, in meiner Zeit des "Philosophischen Studierens", erfand ich die so genannte "Psychologische Theorie der Schlüssel". Es war noch in Madrid, auf dem Heimweg von einer Party in den frühen Morgenstunden oder, besser gesagt, bei Tagesanbruch, als der Nachtwächter schon schlafen gegangen war und ich vor unserer verschlossenen Haustür stand.

Als ich geduldig darauf wartete, dass sich der "Herr der Schlüssel" aus seinen Decken schälte, kam mir der Gedanke, dass es zwei Arten gibt, die Daseinsberechtigung eines Schlüssels zu interpretieren: Ein Optimist sieht im Schlüssel ein Werkzeug zum Öffnen, mit dem man Hindernisse aus dem Weg räumt und mit dessen Hilfe sich neue Horizonte, Chancen und Träume auftun. Einem Pessimisten hingegen dient er zum Einsperren und zur Sicherung seiner materiellen Güter vor fremden Menschen. Dementsprechend ist der Verlust seiner Schlüssel das Schlimmste, was einem solchen Schwarzseher passieren kann.

Allein die Tatsache, dass Schlüssel ausschließlich von Erwachsenen gehandhabt und aufbewahrt werden durften, war ausreichend, sie mir als Dreikäsehoch besonders attraktiv zu machen. Angeblich steckte ich mir, sehr zum Entsetzen meiner Mutter, statt des obligatorischen Schnullers lieber irgendeinen herumliegenden Schlüssel in den Mund.
Dazu gestehe ich, bis heute und trotz einer gewissen Neugier jeder Röntgenaufnahme meines Magens aus dem Wege gegangen zu sein, aus Angst vor einem möglichen metallischen Fund.

Als meine Körpergröße mir das Erklimmen der Kloschüssel erlaubte und ich von dort aus den elfenbeinfarbenen Griff, der an einer – wie mir schien – bis in den Himmel reichenden Kette hing, mit beiden Händen packen konnte, heckte ich den "Schlüsselstreich" aus. Was für ein unbeschreiblicher Spaß war es, alle möglichen Schlüssel im Haus zu erbeuten, sie heimlich, still und leise in das allzeit wassergefüllte Klosett gleiten zu lassen und sie im gewaltigen Rauschen des Wasserfalls verschwinden zu sehen, bloß weil ich kräftig an dieser langen Kette gezogen hatte! Genau weiß ich nicht mehr, wie oft meine Eltern sämtliche Schlösser in unserer Wohnung austauschen mussten, aber ich kann mich erinnern, dass ich ihnen mein Geheimnis erst Jahre später bei meiner Erstkommunion gebeichtet habe, als meine "machiavellische Lausbüberei" bereits verjährt war.

Schlüssel waren für mich schon immer zum Aufsperren da, vor allem für die Türen meiner Phantasie. Je nach Größe und Aussehen konnte ich sofort erkennen, in welche Schlösser sie passten. Die größten, mit mehr als einer Handbreit und im Laufe der Jahrhunderte verrostet, gehörten zu den Märchenschlössern. Die mittleren, mit Symbolen und Figuren verziert, waren für die Schatullen und Truhen, in denen Piraten ihre erbeuteten Schätze weit weg auf den Vergessenen Inseln aufbewahrten. Die ganz winzigen, gerade mal einen Zoll groß oder noch weniger, öffneten die kleinen persönlichen Erinnerungen. Einer von diesen kleinen Schlüsseln gehörte zu meiner Keramik-Sparbüchse. Sie hatte die Form eines wohlgenährten Schweinchens und war mir irgendwann von den Heiligen Drei Königen "von ganz weit her" zum Geschenk gemacht worden. Dieses Sparschwein machte mir seinen kargen Inhalt um ein Tausendfaches wertvoller, allein weil es ein Schloss und einen Schlüssel hatte. Wobei das wenige Kleingeld, mit dem ich das Schweinchen mehr schlecht als recht fütterte, nicht gerade ein Vermögen darstellte. Aber gerade dieser winzige Schlüssel verwandelte die abgegriffenen Nickelmünzen für mich in absolute Kostbarkeiten.

Der einzige Schlüssel, den ich als Heranwachsender dann auf Mallorca wirklich brauchte, war der zu der legendären Burg von Santueri, in deren verwunschenen Mauern und Gewölben ich unvergessliche Tage und Nächte verbrachte. Den Schlüssel zum Kastell musste man sich in dem Haus am Fuße des Berges holen, auf dessen Spitze die imposante Anlage aus dem Mittelalter thronte. Niemand konnte ahnen, welchen Wert dieser Schlüssel in Wahrheit für mich hatte. Denn einfach nur, um den sagenhaften Rundblick von dem alten Gemäuer über die Insel zu genießen, stieg ich den steinigen, steilen Pfad nicht hinauf. Vielmehr ließ ich von dort oben zwischen den Mauern, Zinnen, Steinen, Gewölben und Höhlen meine Phantasie wie einen Vogel bis in die entferntesten Winkel meiner Vorstellungskraft fliegen.

Da ich als Jugendlicher gerne allerlei Krempel und Trödelkram sammelte - eine vermutlich von meinem Vater ererbte Leidenschaft - schlenderte ich öfters bei dem Töpferwarenladen in der Calle del Mar in Felanitx vorbei. Dort stellte mein Freund Tomeu, Gott hab' ihn selig, ein Sammelsurium an echten und unechten Antiquitäten neben seinen handgefertigten Töpfen und Schüsseln aus. In der hintersten Ecke, unter einem Haufen Blumentöpfen, fand ich eines Tages ein uraltes Bund rostiger, verbogener Schlüssel.

Noch heute liegen diese paar Schlüssel auf meinem Schreibtisch herum, und ab und zu sperre ich die unsichtbare Schatztruhe der Erinnerungen mit ihnen auf.

Brunnen

Wenn ich mich recht erinnere, steckte ich von Kindesbeinen an meine Nase gerne überall und in alles hinein, was sich mir dunkel und oftmals auch gefährlich in den Weg stellte; vor allem in jene abgrundtiefen Löcher, in denen unendlich viele Geschöpfe der Finsternis in Natursteingemäuern hausen konnten. Geschichten und Sagen über derlei Brunnen, deren kristallklares Wasser in der Tiefe schimmert, hatten es mir besonders angetan.

Geister verbargen sich in diesem Wasser, aus unterirdischen Quellen im tiefsten Inneren der Erde geboren, dessen war ich mir sicher. Viele Stunden spähte ich über den in Stein gefassten Rand eines Brunnens und beobachtete verträumt mein eigenes Spiegelbild weit unten. Mein kindliches Gemüt verlor sich in der unbekannten, verbotenen Welt voller phantastischer Wesen des Abgrunds.

Mehr als einmal hätten mich Leichtsinn und Neugier beinahe das Gleichgewicht verlieren lassen und wäre ich fast kopfüber in den düsteren, hypnotisierenden Spiegel unter mir gefallen. Ich gestehe aber, dass diese Schrecksekunden nicht im geringsten die Anziehungskraft minderten, die Brunnen und unterirdische Hohlräume auf mich ausübten. Ganz im Gegenteil! Sie steigerten sogar den Reiz, den man heute "Adrenalinschub" nennen würde.

Bis dahin konnte ich nur heimlich all die Brunnen erkunden, die ich irgendwie auf meinen Streifzügen über die Felder in der Umgebung von Cala d'Or ausfindig machte. Um meinen Aktionsradius über das trockene Hinterland der Mallorquiner Ostküste zu erweitern, brauchte ich ein Transportmittel, das den steinigen, einsamen Staubwegen gewachsen war.

Um einen Mallorquiner Esel mit dem dazugehörenden zweisitzigen Karren zu erwerben, hatte ich nicht einmal annähernd das nötige Kleingeld und schon gar nicht das erforderliche Alter. Um die vier Beine eines geländegängigen Esels und die zwei quietschenden Karrenräder zu lenken, musste man allerdings weder einen Führerschein haben noch das Alphabet beherrschen.

So kam es, dass ich mir mit den paar Peseten aus meiner Sparbüchse einen uralten, verrosteten Drahtesel anschaffte, dessen Lenker mir, so sehr ich mich auch streckte, bis zum Kinn reichte und dessen Sattel schon vom Anschauen Schwielen am Hintern verursachte.

Endlich konnte ich ganz nach Lust und Laune über Wege und Pfade strampeln, unter Mandel-, Oliven- und Johannisbrotbäumen hindurch, auf der Suche nach den Höhlen und Brunnenschächten, die meine Phantasie beflügelten.

Dass mir alle nasenlang die spitzen Steine auf den Wegen die Reifen meines Gefährts durchlöcherten und der Feldweg plötzlich als Sackgasse vor einer steinernen Mauer oder inmitten eines Pinienwaldes endete, das waren keine Hindernisse für meine "Brunnenerkundungstouren".

Immer wieder fragte ich mich, wie man mit elementarsten Mitteln solch meisterliche Bohrungen in die Tiefe ausgeführt haben mochte. Es ging ja nicht einfach darum, ein Loch in die Erde zu treiben, bis man auf wasserführende Schichten stieß. Wo der Fels instabil oder aus brüchigem Kalkstein bestand, wurden die Brunnen mit perfekt gemeißelten Steinquadern wie ein Mosaik ausgeschlagen. Manchmal fand ich auch Vortriebe im gewachsenen, kompakten Gestein, wie wenn ein überdimensionaler Bohrer verwendet worden wäre.

Bei einem meiner Ausflüge stieß ich auf eine geheimnisvolle Grotte, versteckt unter Strauchwerk und Unterholz, unweit einer Wegkreuzung. Sie befand sich an einem Berghang, den die beeindruckende Festung Castell de Santueri beherrscht, schon seit langer Zeit Ursprung vieler Legenden und Überlieferungen.

Während der Eroberung Mallorcas durch den König Jaume I. im XIII. Jahrhundert war die von den Römern gegründete Burganlage eine der am längsten von den Sarazenen gegen die anstürmenden Christen gehaltenen Befestigungen. Seitdem hält sich hartnäckig das Gerücht, dass die Belagerten sich vom Meer aus über ein ausgedehntes, über viele Kilometer verzweigtes Labyrinth aus Höhlen und unterirdischen, geheimen Gänge bestens verproviantierten. Das rätselhafte Loch war der Zugang zu einer eindrucksvollen Höhle, in deren Tiefe man die Silhouetten von Stalagmiten und Stalaktiten erkennen konnte.

Als ich meinem Freund Jeroni, dem Fischer und Schmuggler, von dieser

Entdeckung berichtete, erzählte er mir, dass er schon vor langer Zeit einen "Lüftungsschacht" beziehungsweise einen "Notausgang" aus dieser sagenumwobenen unterirdischen Verbindung zwischen dem Castell de Santueri und dem Meer gefunden habe. Für mich wurde die mysteriöse Grotte zum "Maurenbrunnen".

Jahre später, als auf der "Insel der Ruhe" der Touristenboom losbrach, kamen nicht nur Millionen Menschen, sondern auch Tausende Mietfahrzeuge und Massen an Taxis und Bussen. Um der dramatischen Zunahme des rollenden Verkehrs gerecht zu werden, verbreiterte man Wege und teerte Verbindungsstraßen. Einige von ihnen wurden sogar zu Autobahnen.
Die einfache Wegkreuzung mutierte zu einem Kreisverkehr und der "Maurenbrunnen" verschwand für alle Zeiten unter einer dicken Kiesschicht und der obligaten Teerdecke.

Selbstverständlich träumte ich als kleiner Junge des Öfteren davon, einen Schatz aus Gold- und Silbermünzen in der Tiefe eines Brunnens zu finden. Inspiriert von den Comics und Filmen von Tom und Jerry stellte ich mir vor, sie mit einem superstarken Magneten an einer Schnur einzeln heraufzuholen.

Nie habe ich einen Schatz aus dem Mittelalter gehoben. Aber unter Zuhilfenahme eines herkömmlichen Drahtkleiderbügels, den ich an einer stibitzten Wäscheleine festband, angelte ich aus einer entlegenen Zisterne einen alten, rissigen Tonkrug heraus. Darin verwahrte ich dann meine gesparten Peseten, in der Hoffnung, mir eines Tages einen besseren Drahtesel für meine Suche nach vergessenen Brunnen zuzulegen.

Die Meeresschnecke

Ich hatte das unschätzbare Glück, Cala d´Or kennen zu lernen, als es – irgendwann in den Fünfziger Jahren – noch ein traumhaftes Fleckchen Erde war, versteckt zwischen Pinienhainen und eingerahmt von romantischen Buchten an der Südostküste Mallorcas. Dort lebten einzigartige und unvergessliche Menschen, unter denen Künstler der verschiedensten Richtungen, Schriftsteller, Dichter, Maler und Musiker ebenso zu finden waren wie liebenswerte Exzentriker und sympathische Bohemiens. Sie alle bildeten ein unvergleichliches Konglomerat von Individuen aller möglichen Nationalitäten.

Die Ortschaft bestand aus wenigen, weiß angestrichenen Häusern im Balearen-typischen Baustil, welche die Buchten Cala d´Or und Cala Gran – ihre Strände bestanden aus sehr feinem Sand – säumten. Die dritte Bucht, Cala Llonga, war die größte und hatte keinen Strand, war aber für mich als Kind die reizvollste. In ihren Algenwäldern lebte eine Unzahl von Fischen, Aalen, Tintenfischen, Sepien und Garnelen. An den Felsen in Ufernähe kletterten Wollkrabben in geschäftigem Zickzack zwischen zahllosen Napfschnecken und Kolonien anderer Meeresschnecken herum.

Im Röhricht am Rand der Bucht brüteten verschiedene Vogelarten, und ab und zu machten auch ein paar Flamingos dort Rast. In Vollmondnächten gaukelte mir meine Phantasie im silbrig glänzenden Wasser der Bucht die Silhouetten sagenumwobener und unbekannter Meereswesen vor.

Meine absolute Lieblingsbeschäftigung war es damals, die unberührten und menschenleeren Strände entlang zu stapfen und die Muscheln und Meeresschnecken zu sammeln, die die Wellen für mich ans Ufer gespült hatten. Jeder Fund wurde von mir eingehend begutachtet, bevor ich ihn vorsichtig in meinem Blecheimer ablegte, denn jedes Exemplar, wie gewöhnlich es auch sein mochte, war für mich etwas Einzigartiges. Auf dem Landweg waren diese einsamen Buchten und Strände allerdings nur über ebenso schmale wie beschwerliche Pfade erreichbar, die sich zwischen Strauchheide, Pinien, Gestrüpp, Dornbüschen und scharfkantigem Felsgestein hindurchschlängelten. Da ich nur mit Unterhemd, kurzer Hose und leichten Schuhen aus Espartogras bekleidet war, kam ich von meinen Ausflügen mit blutenden Kratzern und

Schrammen an Armen und Beinen nach Hause. Das kümmerte mich aber nicht die Bohne, brachte ich doch meinen Eimer randvoll mit Muscheln und Meeresschnecken mit.

Zur damaligen Zeit hatte ich die Angewohnheit, während meiner Sommerferien auf Mallorca – befreit von frustrierendem Schulzwang und der täglichen Routine im hektischen und lärmenden Madrid – morgens früh aufzustehen, um jeden Tag ausgiebig zu genießen.

An einem ruhigen Augustmorgen – das regungslose Meer reflektierte die ersten Sonnenstrahlen wie ein Spiegel – beschloss ich, zur Cala Esmeralda, wenige Kilometer vom damaligen Cala d'Or entfernt, zu laufen und dort Muscheln zu suchen.

Diese von üppigen Pinienwäldern gesäumte Bucht hatte es mir angetan, weil sie mit ihren unzähligen Steinen in allen Größen, von den Wellen über Jahrtausende in Form gebracht und rundgeschliffen, besonders wild und zivilisationsfern wirkte. Die Wellen waren es auch, die die Steine an Land geworfen und aus ihnen ein Mosaik gelegt hatten, das von den Felsen am Rand der Bucht bis zum Sandstreifen unmittelbar am Wasser reichte. Ich habe nie herausgefunden, ob die Bucht ihren

Namen der Farbe ihres Wassers verdankte, die sich nach meinem Empfinden kaum von der der Buchten mit breitem Sandstrand unterschied, oder ob zwischen all ihren Steinen Smaragde verborgen waren. Was ich allerdings entdeckt hatte, war die Tatsache, dass die Wellen zwischen den Steinen Muscheln in Hülle und Fülle ablagerten. An besagtem Morgen konnte ich durch das völlig unbewegte Wasser hindurch ganz deutlich den steinigen Grund der Bucht sehen. Ich stieg ins Wasser und begann eine Menge Muscheln und Meeresschnecken zwischen den Steinen hervorzuholen. Ich hatte den Eindruck, dass meine Funde um so größer waren, je tiefer sie im Wasser lagen. In Wirklichkeit aber wirkte das kristallklare Wasser wie ein Vergrößerungsglas, denn wenn ich die Muscheln und Schnecken an die Oberfläche holte, waren sie plötzlich wieder kleiner.

Schließlich stand ich so weit im Wasser, dass ich hätte untertauchen müssen, um mit den Händen noch den Grund zu erreichen. Das Wasser reichte mir bis zum Hals, als ich plötzlich die Umrisse einer halb mit Sand bedeckten und von drei großen Steinen bewachten enorm großen Meeresschnecke sah. Mein Herz schlug schneller, und um mich zu vergewissern, dass ich nicht träumte, berührte ich sie – das Wasser mittlerweile bis zum Kinn – mit der Spitze einer großen Zehe. Ohne lange zu überlegen, tauchte ich unter wie ein Perlenfischer, konnte sie aber nicht herausholen, weil ihre drei Wächter sie festhielten. Ich begann den Sand um diese riesige Schnecke herum wegzuscharren, aber sie bewegte sich nicht. Immer wieder tauchte ich unter und versuchte, sie freizulegen und die Steine wegzuwälzen. Von den anstrengenden Tauchversuchen schon ganz schwindlig, war ich kurz davor, das Bewusstsein zu verlieren, als es mir unvermittelt gelang, die Schnecke mit beiden Händen zu packen und aus ihrer Gefangenschaft zu befreien. Sie war nicht größer als eine Handbreit, aber in den Augen eines Jüngelchens, wie ich es war, maß sie mindestens das Doppelte.

Erschöpft und mit zitternden Knien gelangte ich ans Ufer und ließ mich in den Sand fallen. Keuchend und benommen betrachtete ich meinen wertvollen Fund, und als ich ihn ans Ohr hielt, hörte ich gebannt den Widerhall des hypnotischen Liedes der Wellen.

Ich weiß nicht mehr, wie lange ich dort im Sand saß und mir das Schneckenhaus ans Ohr hielt. Bei näherer Betrachtung sah ich, dass das Gehäuse an seinem spitzen Ende kein Loch hatte, so dass ich es nicht als Signalhorn benutzen konnte. Ganz spontan erschien vor meinem geistigen Auge das Bild Neptuns, wie er im Kreise seiner ständigen Begleiterinnen, der Sirenen, aus voller Lunge in ein beeindruckend großes Tritonshorn bläst und dabei mit majestätischer Geste seinen riesigen Dreizack schwingt. Die natürliche Schönheit und Perfektion einer Meeresschnecke dadurch zu zerstören, dass man ihr Haus durchlöchert, um es als primitives Musikinstrument zu verwenden, empfand ich mit einem Mal als unerhört, und meine Sympathie für Neptun war schlagartig dahin. Warum nahm er kein Blechblasinstrument, um sein musikalisches Erkennungszeichen über die sieben Weltmeere erschallen zu lassen? Eine Tuba beispielsweise hätte doch gut zu seinem äußeren Erscheinungsbild gepasst.

Nach meinem aufregenden Fund suchte ich die Cala Esmeralda noch viele Male auf, um ihren steinigen Grund Zentimeter für Zentimeter abzusuchen. Obwohl ich jeden größeren Stein umdrehte und den Sand mit Händen und Füßen durchwühlte, fand ich doch nie wieder eine so schöne Meeresschnecke.

Cala d´Or ist inzwischen eines der bedeutendsten Tourismuszentren Mallorcas mit Tausenden Hotelbetten und verfügt über Apartmentkomplexe, die sich über mehrere Kilometer erstrecken und auch die benachbarten Buchten und Strände an diesem Küstenabschnitt vereinnahmt haben. Glücklicherweise ist die balearische Architektur der Chalets und der weiße Anstrich aller Gebäude geblieben. Von den einzigartigen Menschen von damals findet man heute nur noch wenige, und diese Handvoll Leute trifft sich regelmäßig in einer Bar im Zentrum von Cala d´Or.

An den sterilen Stränden spülen die Wellen keine Muscheln oder Meeresschnecken mehr an Land, sondern Plastik, Verpackungen, Teerklumpen und anderen Müll und Abfall, der von Schiffen ins Meer geworfen wurde. Anstelle der früheren Schwärme von Fischen in allen Farben gibt es jetzt ganze Quallengeschwader, die unerwartet auftauchen und bei den Badenden Hysterie und Panik auslösen.

Aus meiner geliebten Cala Llonga ist ein großer und stark frequentierter Sporthafen geworden, in dem sich luxuriöse und imposante Yachten drängen und der von Kneipen, Restaurants und Apartmentkomplexen eingerahmt ist; und Cala Esmeralda – von Steinen und Muscheln „be-

freit" – beherbergt in den ringsumher errichteten Hotels und Apart-
menthäusern Tausende Touristen.

 Die Meeresschnecke von der Cala Esmeralda aber liegt unversehrt auf
meinem Schreibtisch, und aus ihrem Inneren dringt das Meeresrau-
schen und der Klang des Wellenschlags aus längst vergangener Zeit...

Meerjungfrauen

Der erstaunliche Reichtum an Fischen, Meeressäugern, Weichtieren, Muscheln und Schnecken im Meer fasziniert mich noch immer. Als Kind war ich aber am meisten von Meerjungfrauen hingerissen, obwohl ich nie eine "in echt" gesehen hatte. Als die alten Fischer an der Ostküste Mallorcas mein ausgeprägtes Interesse an allem Meeresgetier und im Speziellen an Sirenen bemerkten, tischten sie mir viele Geschichten über diese Wassernymphen auf, die sie selbstverständlich auch alle selbst beim Fischen vor den Küsten der sagenumwobenen Insel Cabrera schon erlebt hatten. Ihre Schilderungen waren Wasser auf die Mühlen meiner ausufernden kindlichen Phantasie.

So viel ich bei meinen Spaziergängen an den einsamen Stränden auch den Horizont absuchte, nie konnte ich eine Meerjungfrau entdecken oder ihren Gesang von den Felsen hören. In meiner Einbildung war ich überzeugt, die himmlischen Gesänge der Sirenen seien in den seltenen, mit Perlmutt beschlagenen Riesenschnecken eingeschlossen. Mein Freund Jeroni, Fischer und Schmuggler zu gleichen Teilen, war meine ewige Fragerei über die Sirenengesänge irgendwann leid und beschaffte mir eine dieser fast zwei Handbreit großen Riesenschnecken.

Unzählige Stunden hielt ich mir die Meeresschnecke ans Ohr, ganz so, wie es heutzutage die Jugendlichen mit ihren Handys machen, und hörte, nur in meiner Phantasie, den bezaubernden Gesängen der Meerjungfrauen zu, wie sie sich von den Wellen im Takt begleiten ließen.

Während meine Schulkameraden Heftchen mit Fix und Foxi, Clever & Smart, Donald Duck oder anderen Papierhelden lasen, verschlang ich alles nur Erdenkliche über Seejungfern. Ganz versessen vertiefte ich mich in eine Menge Geschichten über die meeresbewohnenden Wesen, von denen Ovids Fabeln und Homers Odyssee mit ihren sagenumwobenen Sirenen mir am besten gefielen, lange bevor dieser Stoff in der Schule dran war.

"Sirene" kommt vom Griechischen "Seirén". Heute kennt man dieses mythologische Wesen mit dem Oberkörper einer Frau und dem Unterleib eines Fisches, doch kommt es in der griechischen Mythologie auch in Form eines Vogels vor. Erstaunlicherweise zeigt die älteste Darstellung dieses halb Mensch, halb Fisch-Geschöpfes ein männliches Wesen. Es handelt sich um Ea, einen der drei babylonischen Götter des XIII. Jahrhunderts vor Christus. Ea, auch unter dem griechischen Namen Oanes bekannt, war der Gott des Wassers. Mit seiner Frau Damquina hatte er sechs Kinder, alles männliche Sirenengötter, und eine Tochter namens Nina, von der man allerdings nicht allzu viel weiß. Man nimmt an, dass sie wie ihre Mutter das Aussehen einer Sirene hatte.

Die erste genauere Beschreibung einer Meerjungfrau gilt der semitischen Mondgöttin Atargatis oder Derceto. Darin heißt es: "Die obere Hälfte ihres Körpers ist die einer Frau, aber von den Hüften abwärts bis zu ihren unteren Gliedmaßen ist es der Schwanz eines Fisches."

In der griechischen Mythologie bewohnten Sirenen die Felsen einer kleinen Insel in der Nähe der Halbinsel Pecorus auf Sizilien, von wo sie mit ihrem verführerischen Gesang die Seeleute an die gefährlichen Klippen lockten. Ihre Abstammung ist unklar: Es heißt, sie seien Nachkommen des Achelos, Gott der Flüsse, und der Terpsichore, eine

der neun Musen; aber auch Forquis, der Gott des Meeres, und das Seeungeheuer Queto könnten ihre Ahnen sein. Nur in einem Punkt stimmen alle Schilderungen überein: dass ihr Gesang übernatürlich reizvoll
war und hypnotische Anziehungskräfte hatte.

Da stellt sich mir dann doch die Frage, welchem Hornochsen eingefallen
ist, mit einem so wohlklingenden Namen eine Gerätschaft zu bezeichnen, die nur ein abscheulich lautes Jaulen von sich geben kann und
einem wild gewordenen Brummkreisel gleicht und jedem, der dem
Lärm ausgesetzt ist, die Gehirnwindungen wegbläst.

Eines meiner ersten platonischen Liebesabenteuer war die blutjunge
und entzückende Holländerin Manon. Für mich war sie vom Augenblick
an, als sie vor mir in den Wellen von Cala Petita in Cala d'Or herumtollte,
die Meerjungfrau meiner Träume. Wenn sie auf mich zukam, schlug mir
das Herz bis zum Hals und ich inhalierte das unwiderstehliche Aroma
von Meer, Korallen und Algen, das sich in ihren langen, braunen Haaren
verfangen hatte.

In ihren unergründlichen Augen war die Tiefe des Meeres, wohin ich
mich am liebsten mit ihr zusammen verlieren wollte, dort wo Myriaden
Fische tanzen, Octopusse beim Liebesspiel die Farben wechseln und Al-
genwälder sich im Rhythmus der Wellensymphonien in packenden Cres-
cendi und anmutigen Adagios wiegen. Die Sirene meiner Träume sang
zwar nicht, aber ihr Lachen war unwiderstehlich.

Es war ein drückend heißer Nachmittag Ende September. Nur noch ein
einziger Tag blieb mir in Mallorca, bevor ich gezwungenermaßen nach
Madrid und zu den Leiden der Schule zurück musste. Tief traurig beschloss ich an diesem Nachmittag, mein letztes Abendessen selbst aus
dem Meer ziehen, bevor ich Angelrute, Schwimmer, Schnur und Haken
wieder gegen die verhassten Schulbücher tauschen musste.

An der idyllischen Cala Llonga hockte ich mich auf die äußersten Steine
eines Piers, die für mich das Ende meiner Welt darstellten und wo das
unendliche Meer begann, das ich so sehr liebte. Cala Llonga, zu jener
Zeit nur ein kleiner Haufen Häuser mit ihren escars oder barraques direkt am Wasser, wo die Fischer ihre typischen Mallorquiner Boote, die
llaüts, und die Netze und sonstigen Utensilien verstauten, war mir besonders ans Herz gewachsen, vielleicht weil es mein Lieblingsangelplatz

war und weil mich das Meer dort am intensivsten ansprach.

Die harten Weißbrotstücke, die ich dabei hatte, verstreute ich so weit ich werfen konnte auf dem ruhigen, glasklaren Wasser, auf dessen grünlichem Algengrund zu dieser Tageszeit unzählige Meeresbewohner dösten. Meerjunker, Äschen, Grundeln und alle anderen Fische der Gegend beendeten schnell ihre Siesta und warfen sich sekundenschnell in wilden Knäueln auf die Brotstücke, jede Brosame wurde umkämpft. Jetzt erst warf ich den Köder, eine kleine, aus Mehl, Spucke und Wasser geformte Kugel, mit der Angel in den Haufen silbriger Leiber. Leider dauerte es nicht lange, bis ich merkte, dass ein aufgewecktes Exemplar den Köder ohne den Haken verschluckt hatte. Oder der von mir so bedächtig geknetete Mehlklumpen hatte sich einfach in Wohlgefallen aufgelöst. Aber ich zog die Angelschnur nicht hoch, um sie mit neuem Lockmittel zu bestücken. Vielmehr schmachtete ich der Meerjungfrau meiner Träume nach. Sie wohnte in der Pension ihrer Eltern, ganz nahe. Bis zu den nächsten Ferien würde ich sie nicht mehr sehen. In trübe Gedanken versunken, merkte ich nicht, dass jemand näher kam. Eine zarte, weibliche Stimme flüsterte: "Was fischst du denn so?". War das nicht dieselbe Stimme, die mich schon viele Tage und Nächte lang um den Schlaf gebracht hatte? Ich drehte mich um. Und die Augen von Manon blickten mich an wie das unergründliche Meer, das sich darin verbarg. Mit klopfendem Herzen brachte ich heraus: "Ich angle gerade eine Sirene", worauf sie fragte: "Und was nimmst du als Köder?" Ich wandte mich ab und starrte auf den regungslosen Schwimmer mit dem leeren Haken. Ganz leise brachte ich heraus: "Meine Träume und Wünsche". Mehr konnte ich nicht sagen. Meine Stimme versagte. Ich wollte nicht, dass sie die Tränen sah, die mir über die Wangen liefen, die ihre Sirenenhaare erst vor kurzem liebkost hatten.

Manon, so weit weg und doch so nah, hat nie erfahren, dass sie die Meerjungfrau meiner Träume war...

Die Ansichtskarten

Schon lange bevor ich lesen und schreiben konnte, zeichnete und malte ich, wo ich ging und stand, all das, was durch meine kindliche Gedankenwelt galoppierte. Dabei hinterließ ich meine Kritzeleien nicht nur auf losen Papierblättern und Zeitungsseiten, die mir zufällig unter die Finger kamen, nein, sogar die vier Wände, der Tisch, der Stuhl und die Kommode in meinem Zimmer wurden immer wieder aufs Neue mit meinen plötzlichen Eingebungen verziert.

Ich weiß nicht, was die so genannten „Nouvelle Vague-Experten" zu diesen eher abstrakten und sehr spontanen Bildern und Zeichnungen gesagt hätten, die von einer Einfachheit und Leichtigkeit waren, welche im Laufe der Jahre verloren gehen sollte; vielleicht hätten sie ja diese Werke einem erst kürzlich in Paris entdeckten jungen Maler und nicht der kreativen Naivität eines kleinen Madrider Jungen zugeschrieben.

Wie ich zugeben muss, wurden meine künstlerischen Taten und Untaten von meinem Vater, selbst Maler und Bohemien, nicht nur geduldet, sondern sogar gefördert. Meine Mutter, seit Jahren daran gewöhnt, in einer Wohnung zu leben, die mit Leinwänden, Stichen und Ölgemälden vollgestellt und ständig von einer unsichtbaren Wolke aus Leinölgeruch erfüllt war, akzeptierte ohne mit der Wimper zu zucken die Tatsache, dass alles darauf hindeutete, dass ihr Sohn in die Fußstapfen seines Vaters treten würde.

Im Laufe der Zeit wurden meine Skizzen zunehmend realistischer, wenn sie auch in der Mehrzahl der Fälle imaginäre Landschaften zeigten, die auf dem Bildschirm meiner Phantasie Gestalt angenommen hatten.

Für mich waren sie Abbilder fremder Welten, die – in weiter Ferne und im Verborgenen existierend – noch nicht entdeckt, geschweige denn erforscht waren. Rückblickend vermute ich, dass diese Bilder meinen surrealistischen Träumen entstiegen, denn nicht einmal in Walt Disneys Zeichentrickfilmen begegneten mir je dergleichen Landschaften.

Mein erstes Zeichenwerkzeug war der zwei Zoll lange Stummel eines Zimmermannsbleistifts. Er gehörte einem trinkfreudigen Schreiner, der gerne mit meinem Vater ein Gläschen trank und ihn zusammen mit anderem Werkzeug im Atelier meines Vaters auf einem Regal liegen gelassen hatte, das er noch nicht fertig aufgebaut hatte.

Meine Finger gewöhnten sich schnell an seine ungewöhnliche Form. Ich glaubte, der Stift sei mit roher Gewalt in seine seltsame, ovale Form gebracht worden, indem er nämlich von einem mit Ziegelsteinen beladenen Lastwagen oder von den enormen Rädern eines überfüllten Linienbusses der Madrider Verkehrsgesellschaft EMT platt gewalzt wurde. Mich faszinierte auch seine breite schwarze Mine, dank derer ich mit unterschiedlichen Strichen und Linien herumexperimentieren konnte, immer bemüht, Nuancen und Kontraste, Licht und Schatten wiederzugeben. Ich hätte übrigens damals zu gerne gewusst, habe es aber nie erfahren, warum dieser inspirierende Bleistift mit scharlachrotem Lack überzogen war und nicht mit schwarzem, der doch so gut zu seiner imposant hervortretenden Mine gepasst hätte.

Das einzige Papier in der ganzen Wohnung, das von meinen schöpferischen und malerischen Exzessen verschont blieb, war das Toilettenpapier, das geduldig neben dem Klosett hing. Es wäre von Art und Format bestens geeignet gewesen, auf jedem der vierhundert Blätter pro Rolle eine andere Landschaft zu verewigen, hervorgetreten aus den hintersten Winkeln meiner Phantasie. Jedes Bild wäre eine künstlerische Ansichtskarte und ein Unikat gewesen. Und alle zusammen hätten sich abspulen lassen wie die Einzelbilder einer Filmrolle.

Außerdem hätte ich diese Werke in situ entstehen lassen können, also versunken in die himmlische Abgeschiedenheit und Einsamkeit, die nur ein von innen abgeschlossenes „stilles Örtchen" bieten kann. Ich stellte mir vor, um wie viel leichter und angenehmer sich ein Toilettenaufenthalt – vor allem, wenn er einer quälenden und akuten Verstopfung oder einem teuflischen Kater geschuldet war – gestalten würde, wenn man dabei meine Ansichten aus anderen Welten abrollen und betrachten könnte.

Unglücklicherweise hinterließ die Graphitspitze in dem Papier Risse und Löcher. Hätten Oberfläche, Konsistenz und Textur des Papiers es erlaubt, hätte ich mich vielleicht durchaus ernsthaft damit befasst, derartige „Klopapier-Ansichten" – wie ich sie nannte – zu zeichnen.

Seit ich laufen lernte, begleitete ich meinen Vater auf seinen sonntäglichen Expeditionen zum Madrider Trödelmarkt Rastro, wo er im Dämmerlicht der Trödelläden herumstöberte, seine Nase in die auf und vor den Verkaufsständen aufgereihten Kisten und Kartons voller Kram und

Krempel steckte und das auf zerschlissenen und mottenzerfressenen Decken feilgebotene Zeug eingehend unter die Lupe nahm.

Mein Vater, passionierter Sammler von Antiquitäten und allem möglichen Trödel aus der Vergangenheit, kehrte nie mit leeren Händen nach Hause zurück. Meine Mutter hatte schon Jahre zuvor vor diesem sonntäglichen Zeitvertreib meines Erzeugers kapituliert und lediglich zur Bedingung gemacht, dass er den von ihm angeschleppten Kram nicht in den Korridoren unserer Wohnung herumstehen und -liegen ließ. Ich muss gestehen, dass mir mein Vater diese Sucht – wie sich im Laufe der Zeit zeigte – vererbt hat; sie begleitet mich wie mein eigener Schatten, und es ist mir bis heute nicht gelungen, sie loszuwerden.

An einem Sonntag im Juli, am Vortag unserer Abreise in die Ferien auf Mallorca, begannen die übliche kribbelnde Nervosität angesichts des bevorstehenden Reiseabenteuers und die Vorfreude auf das Paradies, das mich weit draußen im Mittelmeer erwartete, von mir Besitz zu ergreifen.

Mein Vater verabschiedete sich unterdessen von seinen Freunden und Stammtischgenossen im Rahmen einer schon zur Tradition gewordenen und ausgedehnten Runde durch Tavernen und Spezialitätenlokale für Meeresfrüchte und stimmte sich auf seine Art auf die Reise ein.

Ich nutzte jenen Sonntagvormittag, um dem Rastro auf eigene Faust einen Besuch abzustatten und mich nach dem einen oder anderen Stück alten Krempels umzusehen, das ich auf Mallorca gewinnbringend an einen Auswärtigen verkaufen zu können hoffte; damit wollte ich wieder einmal den Versuch unternehmen, meine abgemagerte Sparbüchse etwas aufzupäppeln. Mein bescheidenes Budget, einige wenige Peseten in meiner Hosentasche, reichte gerade aus, um unter Anwendung aller von meinem Vater abgeschauten Regeln und Strategien des Feilschens das eine oder andere erschwingliche Stück zu erstehen.

Geradewegs marschierte ich in den Trödelladen des alten Palomino. Als er mich sah, begrüßte er mich, wie üblich eine Havanna zwischen den Zähnen, die so gelblich waren wie ein ägyptischer Papyrus, und fragte mich, wo denn mein Vater sei, mit dem er sich so manchen sonntäglichen Schluck zu genehmigen pflegte.

Ich trat in das Dämmerlicht des an das Hinterzimmer des Ladens grenzenden Lagers ein, in dem auf einer Staubschicht, inmitten von Schimmelgeruch und bis an die Decke getürmt, Möbel, Bilder, Stiche, Bücher,

Porzellan, Gegenstände aus Kupfer und Messing, Skulpturen und die seltsamsten Dinge, unter denen bisweilen ein vergessener Schatz zu finden war, ihr Dasein fristeten. Durch ein Oberlicht stahl sich ein schmaler goldener Lichtstrahl in den Raum und fiel auf ein paar in der hintersten Ecke abgestellte Kartons.

Allen möglichen Krempel hinter mir lassend, näherte ich mich den Kartons und spürte, wie meine Ohren und Wangen zu glühen begannen. Als ich den ersten erreichte und öffnete, sah ich, dass er mit Ansichtskarten aus der Zeit meiner Groß- und Urgroßeltern gefüllt war. Ich verteilte die vom Zahn der Zeit ebenso wie von Mäusen angenagten Bilder auf dem Fußboden und stellte fest, dass sie zu Ende des 19. und Anfang des 20. Jahrhunderts hergestellt worden waren; das war ein für mich sensationeller Fund. Diese Schwarzweiß-Ansichten, zum Teil vergilbt und einige handkoloriert, entführten mich augenblicklich in eine andere Zeit und an weit entfernte, exotische und faszinierende und mir völlig unbekannte Orte.

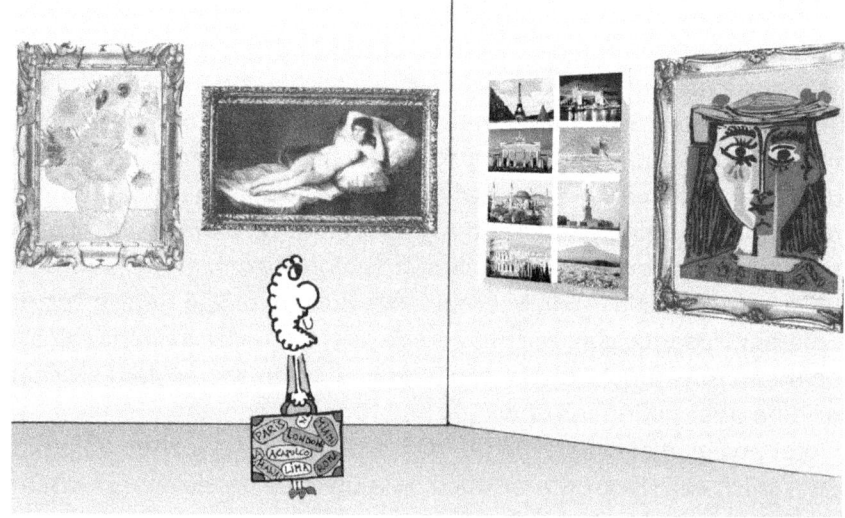

Der letzte Karton war mit einem unansehnlichen schwarzen Klebeband verschlossen und trug einen Aufkleber der Gepäckaufbewahrung des Pariser Austerlitz-Bahnhofs. Meine Spannung stieg, und es gelang mir, ihn mit Hilfe eines rostigen Maurendolchs zu öffnen. Darin lagen, ordentlich gestapelt, Hunderte Karten mit Abbildungen nackter junger

Damen, die sich vor samtenen Vorhängen oder auf einer Chaiselongue in verführerischen Posen präsentierten. Diese Aktaufnahmen waren in ihrer Entstehungszeit sicher skandalös gewesen, mich aber brachten sie zum Lachen. Die im Evaskostüm abgelichteten Mädchen waren ziemlich rundlich, und ihre Schenkel, Hinterteile, Bäuche und Brüste erinnerten mich an die Walküren auf den Rubens-Gemälden im Prado-Museum. Ich war gerade damit beschäftigt, die pornografischen Bildchen wie Spielkarten auf dem Boden auszulegen, als mich plötzlich von hinten eine penetrant nach Tabak riechende Rauchwolke einhüllte...

Erschrocken drehte ich mich um und erkannte inmitten einer bläulich-grauen, aus einer großen Havannazigarre aufsteigenden Rauchwolke die Umrisse von Palominos Gestalt. Bei der bloßen Vorstellung, was mir wohl passieren würde, weil ich in flagranti dabei ertappt worden war, wie ich meine Nase in verbotene Dinge gesteckt hatte, lief es mir eiskalt den Rücken hinunter. Meine unschuldigste Miene aufsetzend, bereitete ich mich innerlich auf eine heftige Schimpfkanonade oder eine scharfe Zurechtweisung vor. Der Gesichtsausdruck des Trödlers, den ich durch den Rauchvorhang immer deutlicher erkennen konnte, machte mich dann aber perplex, denn er zeigte ein verschwörerisches Grinsen.

Der alte Lüstling hatte schweigend hinter mir gestanden und mir zugeschaut und war mit dem, was er gesehen hatte, mehr als zufrieden. Ohne ein Wort zu verlieren, verschwand er zwischen den Haufen von Trödel und Kram und zog dabei eine Rauchfahne hinter sich her, die der Lokomotive in einem Wildwestfilm würdig gewesen wäre.

Gleich darauf kam Palomino, immer noch grinsend, mit einem großen Rupfensack zurück, der – wie der noch leserliche rötliche Aufdruck erkennen ließ – früher einmal fünfzig Kilo kubanischen Zucker enthalten hatte. Angesichts meines ungläubigen und fragenden Blicks drängte mich Palomino immer und immer wieder, so viele Ansichtskarten mitzunehmen, wie in den Sack passen würden, vor allem aber die ganze Kollektion unbekleideter weiblicher Wesen, weil ich ihm damit einen großen Gefallen tun würde.

Mit gesenkter Stimme erklärte er mir, dass Fotos von nackten Brüsten und Hinterteilen, in welch künstlerischen Posen sie auch abgebildet sein mochten, während des Franco-Regimes als „harte Pornografie" eingestuft seien. Schon der Besitz sei strafbar. Wenn sie bei einer Razzia von der Polizei in seinem Lager entdeckt würden, könne es passieren, dass ihn die Ordnungshüter ohne viel Federlesens ins Gefängnis stecken und all sein Hab und Gut, das sich hier um uns herum häufe, beschlagnahmen würden.

Gemeinsam füllten wir das sich ausbauchende Behältnis mit unzähligen Ansichtskarten. Ganz unten packten wir sorgfältig „die nackten" hinein und bedeckten sie dann mit „den touristischen".

Dabei vertraute mir Palomino an, die Zigarre im Mund, dass all diese Karten von seinem Freund Hugo stammten, einem Pariser Trödler, der kürzlich in den Ruhestand getreten sei. In Ermangelung eines Erben und eines geeigneten Nachfolgers für sein Geschäft am Montmartre habe er ihn, Palomino, darum gebeten, sein gesamtes Inventar nach Madrid zu schaffen und so gut es gehe zu verkaufen. Mit noch weiter gesenkter Stimme verriet mir Palomino, dass sein gewiefter gallischer Kollege sowohl die Zollgebühren als auch die ärgerlichen bürokratischen Formalitäten umgangen habe, indem er den Trödel ganz einfach als diverse persönliche Habseligkeiten deklarierte, die er allesamt als Umzugsgut an seinen Altersruhesitz in Spanien schicke.

Den Karton mit den kompromittierenden Karten hatte er in einer Truhe versteckt, und zwar in einem Haufen schmutziger Unterwäsche, die niemand anzurühren wagte.

Ich muss zugeben, dass der bloße Gedanke, ungesetzliche Ware in meinem Besitz zu haben, mir Vergnügen und einen geradezu mephistophelischen Kitzel bereitete.

Der Trödler half mir, den prall gefüllten Sack auf die Schultern zu laden, und schenkte mir als „Zugabe" den maurischen Dolch, mit dem ich den Karton mit den pikanten Aufnahmen geöffnet hatte. Inspiriert von den Piratenfilmen, die ich gesehen hatte, und um auf der Straße keinen Verdacht zu erregen, hängte ich mir die Stichwaffe mit einem Stück Schnur um den Hals und versteckte sie unter meinem Hemd.

Palomino, sichtlich erleichtert darüber, eine doppelte – nämlich physische und psychische – Last losgeworden zu sein, die jetzt ich auf dem Rücken durch ganz Madrid bis in den Stadtteil Chamberí schleppen musste, begleitete mich zur Tür. Ich weiß nicht, ob aus Mitleid, als er mich so gebückt und unter dem monströsen Sack fast begraben sah, oder aus Erleichterung darüber, sich der gefährlichen Ansichtskarten entledigt zu haben, jedenfalls lud er mich spontan in eine nahe gelegene Kneipe ein. Dort stürzte ich hastig ein paar Gläser Mineralwasser mit einem Spritzer Rotwein hinunter und aß dazu einige Bissen Kartoffel-Tortilla.

Während ich anschließend nach Hause wankte (aufgrund der Last, die meine Wirbelsäule wie eine Lakritzstange krümmte, und des genossenen, mit Wasser verdünnten Rotweins), grübelte ich unaufhörlich darüber nach, wie ich die Fotokarten mit den nackten jungen Damen fortan verwenden könnte. Wenn ich ehrlich bin, hatte ich überhaupt kein Interesse daran, diese fotografischen Abbildungen nackter Damen in lachhaften, um nicht zu sagen lächerlichen Posen, deren Schamhaar abrasiert oder von einem eifrigen Retoucheur entfernt worden war, für mich selbst zu sammeln; seit frühester Kindheit und bis zum Überdruss hatte ich nämlich im Atelier meines Vaters nackte Körper mit intakter Körperbehaarung zu sehen bekommen. Und bei meinen zahllosen Streifzügen durch das Prado-Museum hatte ich die Nymphen, Göttinnen, Musen und üppigen Walküren unter künstlerischen Gesichtspunkten studiert, bis ich jeden Quadratzentimeter von ihnen auswendig kannte. Allerdings muss ich zugeben, dass die Maja von Goya – die nackte natürlich – in mir schon in jungen Jahren ein Interesse weckte, das über die rein künstlerischen Aspekte hinaus ging...

Etwa nach der Hälfte des Heimwegs hatte ich plötzlich einen Einfall, wie ich mir in den bevorstehenden Ferien auf Mallorca ein paar Peseten dazuverdienen könnte: ich würde die Karten unter der Hand an mit mir befreundete Fischer und Schmuggler verkaufen. Die könnten sie dann sammeln, verleihen oder ihrerseits weiterverkaufen, was der Insel einen nie da gewesenen, kollektiven Spaß bescheren würde.

Nachdem ich mit letzter Kraft die Treppe bis ins siebente – und oberste – Stockwerk hinaufgestiegen war und somit wieder einmal „meinen täglichen Kreuzweg" absolviert hatte, war ich erschöpft, aber glücklich wieder zu Hause. Ich schloss mich in meinem Zimmer ein, holte alle harmlosen – also touristischen – Ansichtskarten aus dem Sack und breitete sie auf dem Fußboden aus. Die sündhaften Karten ließ ich im Sack und versteckte ihn in meinem Koffer unter Strandtuch, Hemd, kurzer Hose, Badehose, Espartogras-Schuhen und dem schon ziemlich mitgenommenen Strohhut mit seinem löchrigen Kopfteil, meinem treuen Begleiter auf sommerlichen Streifzügen. Ich setzte mich aufs Bett, und um mich herum, über die Steinfliesen verteilt, präsentierten sich mir die faszinierendsten historischen und künstlerischen Monumente, aufregende Landschaften und exotische Gegenden und regten meine Phantasie an.

Ohne lange zu überlegen, tapezierte ich die vier Wände meines Zimmers von der Sockelleiste bis zur Decke mit diesen fesselnden Bildern. Als mein Werk vollendet war, legte ich mich aufs Bett und betrachtete hingebungsvoll diese vergnüglichen Spuren der Vergangenheit, bis ich einschlief.

In der folgenden Nacht ließ ich mich, eingehüllt in die bunten Tücher meiner Träume, zu all den wunderbaren Orten führen, die auf den Ansichtskarten verewigt waren, welche alle Wände meines Zimmers von oben bis unten bedeckten.

Ich fuhr in einer Art Fahrrad-Rikscha die Chinesische Mauer entlang, wobei das Gefährt von einem Chinesen gelenkt wurde, dessen Zopf bis zur Hüfte reichte und im Rhythmus der Tretbewegungen hin und her schaukelte.

Wir gelangten in ausgedehnte und in dichte Wolken gehüllte Bambuswälder, wo wir mit Riesenpandas spielten.

Ich kletterte auf die Freiheitsstatue in New York und entzündete mit ein paar Streichhölzern der Tabacalera Española ihre berühmte Fackel. Die Yankees waren nämlich seit dem Tag, an dem ihnen die Franzosen dieses Monument zum Geschenk machten, noch nicht auf die Idee gekommen, ihre Stadt damit zu beleuchten.

Mit einem riesigen Hebel, inspiriert von den Zeichnungen Leonardo da Vincis, brachte ich unter den Verwünschungen der einheimischen Bevölkerung, die überzeugt war, dass sie dadurch die vielen Touristen verlieren werde, denen sie bei jeder Gelegenheit das Geld aus der Tasche zieht, den schiefen Turm von Pisa wieder in die Senkrechte.

Ausgestattet mit einer Wünschelrute, schlich ich mich in einen der geheimen Gänge einer ägyptischen Pyramide. Ich fand weder eine Mumie noch einen Schatz, aber das nervös ausschlagende Stöckchen führte mich zu einer Ölquelle. In Anbetracht dessen, was die Ölmultis schon damals mit diesem Planeten anstellten, erzählte ich niemandem von meiner Entdeckung und sorgte so dafür, dass diese Weltwunder der Nachwelt erhalten blieben.

In der Wiener Oper tanzte ich zur Musik der Zauberflöte gemeinsam mit Mozart höchstpersönlich mit einem Dutzend der bezauberndsten Ballerinen der österreichischen Hauptstadt. Sie trugen verführerische Seidenstrümpfe, die wunderbar zu ihren pompösen, silbergelockten Perücken passten.

Ich bestieg den Eiffelturm und unterhielt mich ganz oben mit Napoleon. Der Kaiser der Grande Nation war immer noch der Überzeugung, dieses Meisterwerk sei in seinem Auftrag und nach seinen Plänen errichtet worden. Als ich ihn verließ, saß er auf der Turmspitze, ein Fernrohr in der Hand und unverwandt nach Osten blickend, wo seine letzten

Schlachten zu Ende gegangen waren.

Auf dem Vulkan Fujiyama ließ ich mich in den legendären Kampfkünsten der Samurai unterrichten und brachte sie aus vergangenen Jahrhunderten wieder in die Gegenwart. Ich gebe zu, dass ich damit einzig und allein das Ziel verfolgte, mich körperlich gegen die Ohrfeigen zur Wehr zu setzen, die der Zeichenlehrer an meiner Madrider Schule austeilte, wenn er schlecht gelaunt war.

Ich restaurierte – zumindest teilweise – das verstümmelte Kolosseum in Rom, indem ich mit meinen letzten Münzen die Steine des Amphitheaters aufkaufte, welche die Römer in ihrer unbeschreiblichen Geldgier an die Touristen verhökerten.

Leider konnte ich nicht alle illegal aus dem Bauwerk gebrochenen Steine wiederbeschaffen, so dass es immer noch in seinem traurigen Zustand dasteht. Das hindert die Römer aber nicht daran, von den Besuchern des römischen Theaters exorbitant hohe Eintrittspreise zu verlangen.

Als ich den Parthenon auf der Akropolis in Athen besuchte, verspürte ich hingegen Mitleid mit den Griechen. Sein bedauernswerter Zustand ist nämlich ganz und gar nicht auf den illegalen Verkauf seines Marmors durch die Athener zurückzuführen. Über Jahrhunderte war sein Originalzustand praktisch unverändert erhalten geblieben. Nach 1400 wurde er dann zunächst christliche Kirche, später Moschee und schließlich Munitionsdepot. Im Jahr 1687 ließ der venezianische Doge Morosini den herrlichen Tempel unter Beschuss nehmen und beschädigte ihn mit seinen Kanonenkugeln schwer. Zu allem Überfluss raubte „der Tourist" Lord Elgin 1803 zahlreiche Teile und nahm sie mit nach London, wo sie sich bis zum heutigen Tage befinden.

Wie Tarzan stürzte ich mich von der Londoner Tower Bridge in die Themse. Schlammbedeckt und mit einer bemerkenswerten Beule am Kopf musste ich zur Kenntnis nehmen, dass mir das Wasser des berühmten Flusses gerade mal bis zur Hüfte reichte. Ich schloss daraus folgendes: entweder war gerade Ebbe, als ich hineinsprang, oder die Themse war in Wahrheit auch nicht größer als der durch Madrid fließende Manzanares und lediglich nach englischer Manier „künstlich vergrößert" worden, indem man die legendären Schiffe, die einst im Namen der britischen Krone die Weltmeere befuhren, durch kleine Modelle ersetzte, die nun als scheinbar echte Schiffe im Fluss ankerten.

Zu Füßen der Kathedrale von Palma und des benachbarten Palacio de la Almudaina führte ich angeregte Gespräche mit den wichtigsten mystischen Persönlichkeiten der Geschichte Mallorcas, nämlich dem Philosophen, Gelehrten, Theologen und Schriftsteller Ramón Llull und dem Theologen, Redner, Hochschullehrer und Missionar Fray Junípero Serra. Trotz meiner Jugend hatte ich das Bedürfnis, mit ihnen einen Gedanken- und Meinungsaustausch über philosophische und mystische Lehren zu pflegen. Wie inspirierend und herzerfrischend waren doch ihre weisen Worte und Gedanken im Vergleich zu den „Bildungs-Sermonen", die ich tagtäglich an meiner Madrider Schule über mich ergehen lassen musste!

Mit dieser Feststellung wachte ich auf...

Kaum hatten wir das ersehnte Mallorca erreicht und unser Ferienhaus in dem damals noch ganz anders aussehenden Cala d´Or betreten, begann ich meinen „Ansichtskartenplan" in die Tat umzusetzen.

Während früherer Aufenthalte auf der Insel war mir aufgefallen, dass nicht wenige der Inselbewohner leidenschaftliche Kartenspieler waren. Es machte mir Spaß, sie aus dem Augenwinkel zu beobachten, wenn sie Stunde um Stunde in einer Kneipe saßen und jede Karte geräuschvoll auf den Tisch hauten. Um sich vor neugierigen Blicken zu schützen, saßen die Kartenspieler meistens in einer Ecke oder im hinteren Bereich des Raumes. Wenn nicht gerade um etwas Trinkbares oder ein paar Münzen gespielt wurde, konnte der Einsatz auch deutlich höher sein, aber in einem solchen Fall wurden die Karten in einem Nebenraum oder Hinterzimmer in völliger Stille gemischt und auf einem Tisch ausgeteilt, der mit einem grünlichen Filztuch bedeckt war.

Mein Ziel war es, solche Kartenrunden auf ungewohnte Art zu verschönern und die Spieler ein wenig aufzuheitern, denn sie wurden immer ernster, je mehr Geld sich auf dem Tisch häufte. Zugleich wollte ich aber mit den Einnahmen, die ich mir von meiner Erfindung versprach, auch etwas für meine abgemagerte Sparbüchse tun.

Meinen schweren Koffer schulternd, schlich ich in die Garage neben dem Haus. Dort holte ich die erotischen Ansichtskarten aus dem Sack und versteckte sie unter altem Gerümpel, das mein Vater im Laufe der Jahre dort angesammelt hatte und das mit Staub und Spinnweben bedeckt war.

Unterdessen verloren auch meine Eltern keine Zeit und widmeten sich, ohne ihre Koffer ausgepackt zu haben, sogleich ihrer jeweiligen sommerlichen Lieblingsbeschäftigung. Meine Mutter, eine leidenschaftliche Schwimmerin, zog ihren auffälligen Bikini an – zur damaligen Zeit eine sehr gewagte Badebekleidung, wenngleich das Höschen den Nabel bedeckte – und machte sich auf den Weg zum Strand der Cala Gran.

Mein Vater dagegen, mit seinem durchbrochenen Landarbeiter-Strohhut, begab sich auf direktem Weg ins legendäre Hostal Romano, wo sich tagtäglich die Künstler, Bohemiens, Individualisten und extravaganten Gestalten der goldenen Zeiten von Cala d´Or trafen.

Kurzentschlossen pumpte ich die Reifen meines Fahrrads auf, das ich von einer Müllkippe gerettet und mit Geduld und Hingabe wieder hergerichtet hatte. Bevor ich losfahren konnte, musste ich ein ausgebleichtes und von den in der Garage hausenden Mäusen angenagtes Handtuch als improvisierten Pobackenschutz um den ziemlich ramponierten Sattel binden.

Ich strampelte mich auf dem Rad wie wild ab und klapperte den ganzen Tag die Nachbardörfer ab, wo ich alle Kartenspiele aufkaufte, derer ich habhaft werden konnte.

Noch am selben Abend schloss ich mich, während meine Eltern mit ihren Freunden im Hostal Romano ausgelassen den Ferienbeginn feierten, in der Garage ein. Im Schein meiner Taschenlampe verteilte ich alle

Karten eines Spiels fein säuberlich auf dem Boden. Neben jede Karte legte ich eine der pikanten Fotokarten. Diese schnitt ich auf die passende Größe zurecht und klebte sie dann, eine nach der anderen, auf die Vorderseite der Spielkarten. Nachdem ich weit nach Mitternacht in mein Zimmer zurückgekehrt war, versteckte ich die „Ansichts-Spielkarten" in meinem Angelkorb unter Angelschnüren, Bleigewichten und Angelhaken. Erschöpft ließ ich mich auf mein Bett fallen, fand aber vor lauter Aufregung die ganze Nacht keinen Schlaf.

Früh am nächsten Morgen machte ich mich auf den Weg zur Cala Llonga, denn um diese Tageszeit lief mein Freund Jeroni mit seiner llaüt zum Fischen aus.

Als er mich sah, rief er freudig überrascht: „Guillemet, was machst du denn hier?" Mit einem Satz sprang er vom Boot an Land und schloss mich in seine behaarten und muskulösen Arme. Für diesen guten Freund war ich mehr als nur ein Helfer beim Fischen, den er mit Bezeichnungen wie „Obermaat" oder „Majordomus" bedachte. Wenn ich bei ihm war, fühlte ich mich wie sein Adoptivsohn. Beim Austausch der jüngsten Neuigkeiten gesellte sich wie üblich eine Handvoll Fischer von Cala Llonga zu uns. Nachdem der morgendliche Plausch beendet war, bedeutete ich Jeroni von den anderen unbemerkt, mir in seinen escar zu folgen, wo er für gewöhnlich seine llaüt reparierte oder anstrich und seine Fischereigerätschaften aufbewahrte. Ich schloss die zweiflügelige Bootshaustür hinter uns und präsentierte ihm mit feierlicher Geste mein erotisches Kartenspiel, wobei ich ihm erzählte, dass ich Hunderte Karten mit unterschiedlichen Aktaufnahmen besitze, die alle aus Paris stammten, und über eine ausreichende Zahl Kartenspiele verfüge, die man – nach entsprechender Umgestaltung – mit enormem Gewinn unter der Hand verkaufen könne.

Als er meine Ansichts-Spielkarten in die Hand nahm, fielen ihm fast die Augen heraus, und als er nach einem Moment absoluten Schweigens die Sprache wiederfand, flüsterte er mit dem spitzbübischen Grinsen eines Schmugglers: „Kartenspielen wird auf Mallorca nie mehr so sein, wie es einmal war", und brach dann in ein schallendes homerisches Gelächter aus, das selbst die schlafmützigsten Fische abrupt aus ihrem Dämmerzustand riss.

Als ich ihm anbot, ihm den Alleinvertrieb der kompromittierenden Ware zu überlassen, machte er vor Freude ein paar Luftsprünge. Völlig euphorisch bestand Jeroni darauf, das Ereignis gebührend zu feiern, und verschwand ganz hinten in seinem Bootshaus, tauchte aber kurz darauf wie herbeigezaubert aus einem Berg dort herumliegender Netze wieder auf, in den Händen eine Karaffe Anisschnaps und zwei Henkelbecher aus Blech. Letztere füllte er randvoll, und dann stießen wir auf erfolgreiche Geschäfte an und kippten den Schnaps in einem Zug hinunter.

Nachdem er nun zu meinem Geschäftspartner und Vertriebsleiter geworden war, konnte ich uneingeschränkt auf die Diskretion und Verlässlichkeit meines Freundes zählen; ich wollte diese Sache nämlich um jeden Preis noch geheim halten. Wir vereinbarten, dass die „französischen Spielkarten" – genau wie die hellen amerikanischen Zigaretten und der schottische Whisky – wie Schmuggelware nur heimlich verkauft werden sollten.

Ich habe die Tage nicht gezählt, an denen ich mich danach schon morgens ins Dämmerlicht des Bootsschuppens zurückzog und Aktfotos zurechtschnitt und auf Spielkarten klebte. Währenddessen fischte und angelte Jeroni für uns beide. Wenn er gegen Mittag zurückkam, füllte er meinen Korb mit meinem angeblichen Tagesfang und erhielt im Gegenzug von mir die sündigen Spielkarten mit den aufgeklebten unbekleideten Damen.

Als ich im trüben Licht des Bootshauses die Bilder beim Ausschneiden und Aufkleben genauer betrachtete, fühlte ich plötzlich so etwas wie Mitleid mit den nackten jungen Damen, von denen die meisten in Posen abgelichtet waren, die mich noch mehr zum Lachen brachten als ein illustrierter Witz von Mingote. Zudem war ihr Schamhaar von dreisten Retuscheuren entfernt worden, so dass die Mädchen nach meinem Empfinden künstlerisch „unvollständig" waren, was mich im höchsten Maße störte und ärgerte.

Spontan beschloss ich deshalb, sie nach meiner Vorstellung wieder zu vervollständigen. Mit wasserfester schwarzer Tusche und sehr feiner Feder, beides aus dem Arbeitszimmer meines Vaters organisiert, machte ich mich an die anspruchsvolle Aufgabe. Da es mir an einem lebenden Modell mangelte, an dem ich mich hätte orientieren können, nahm ich die Korrekturen aus dem Gedächtnis und mit einer gewissen Freiheit des Federstrichs vor. Nachdem sie wieder im Besitz ihrer Körperbehaarung waren, erinnerten mich die Akte nicht mehr an Marmorstatuen.

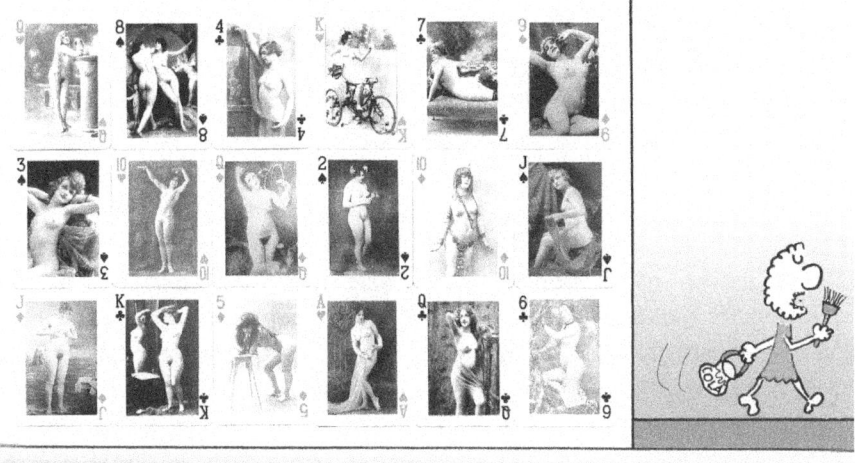

Wenn Jeroni und ich uns nach Tagesanbruch heimlich in seiner Boots-
hütte trafen, erzählte er mir aufgeregt die Anekdoten der vorangegan-
genen Abend- und Nachtstunden. Mit besonderer Begeisterung
beschrieb er dabei die Reaktionen, wenn er die „französischen Karten"
zum ersten Mal vorzeigte. Selbst die leidenschaftlichsten Kartenspieler
vergaßen dann ihren bevorzugten Zeitvertreib und starrten wie gebannt
auf die erotischen Abbildungen. Und wenn sie schließlich die Ansichts-
Spielkarten im Zeitlupentempo mischten und austeilten, beobachteten
sie ganz genau den Gesichtsausdruck der anderen Spieler und versuch-
ten daran abzulesen, welche Bilder sie ihnen gegeben hatten. Für einige
hatten die Bilder gar einen höheren Wert als die Karten an sich, was
sogar zu neuen Spielregeln führte. Kurzum, bei so viel Nacktheit im Spiel
verschwanden die ernsten und nachdenklichen Gesichter von den Spiel-
tischen.

Meine erotischen Kreationen fanden aber auch bei Menschen, die
keine Affinität zum Kartenspiel hatten, reißenden Absatz. Das Angebot
konnte mit der Nachfrage von Tag zu Tag weniger Schritt halten, und so
kam der pfiffige Jeroni irgendwann auf die Idee, die Karten zu verstei-
gern, aber selbstverständlich mit der bei einem so heiklen Thema nötigen Diskretion. Die Höchstgebote kamen übrigens von ein paar
englischen Aristokratinnen, die Havannas rauchten und mit denen ich
mich einige Jahre zuvor auf einem ihrer „Ausflüge" nach Gibraltar an-

gefreundet hatte.

Ich klebte das letzte Bild auf, das eine junge Frau mit hüftlangem, gewelltem Haar, üppigen Brüsten und ausladendem Hintern zeigte, die versonnen zum Himmel blickte. Dann setzte ich mich an den Rand des Stegs vor dem Bootshaus, wartete darauf, das Jeroni vom Fischen zurückkäme, und sah den Meeräschen zu, die durch den Algenwald huschten. Auf einmal fühlte ich eine Leere, denn die Aktfotos und ein wenig Phantasie hatten mir zwar unerwartete Einnahmen beschert, doch jetzt musste ich für immer von „meinen Ansichtskartenmädchen" Abschied nehmen. In diesem Moment erinnerte ich mich an einen Ausspruch, den mein lieber Freund kürzlich getan hatte: „Wir werden Mallorca umtaufen müssen; statt Insel der Ruhe wird man es in Zukunft Insel des Mordsvergnügens nennen müssen". Als ich daran dachte, musste ich doch wieder lächeln und wandte mich in Gedanken den noch vor mir liegenden Ferienwochen zu...

Adam und Eva

Wieder einmal hockte ich in einer Bar des chinesischen Viertels von Palma mit meinem alten Freund und geschätzten Gesprächspartner für philosophische und grundlegende Betrachtungen, dem Pfarrer Bartomeu. Als Schüler und Student hatte ich mit ihm schon unzählige Stunden, Tage und ganze Nächte mit angeregten Debatten verbracht. Für mich ist er der beste Pfarrer, den ich je gekannt habe. Trotz einiger Brüche in seinem Leben blieb er immer ein unerschütterlicher Idealist.

Nicht nur beim Trinken stimmten unsere Ansichten überein. Wir konnten beide nicht verstehen, dass wir, als Katholiken, in die Fußstapfen von Adam und Eva treten müssen, den Moslems dagegen vier Frauen gleichzeitig erlaubt sind, sogar mit schriftlicher Genehmigung. Bartomeu meinte dazu, die Geschichte von Adam und Eva erfülle den hehren Zweck, das menschliche Gewissen zu festigen und die allgemeine Sittsamkeit zu fördern. Ich dagegen hielt diese Mär nur für ein Instrument, um der Liebe Hemmschuhe und Maulkörbe anzulegen und sie durch Tabus abzuwürgen. Mit dem Rauswurf unserer biblischen Vorväter aus dem Paradies und der späteren Verbreitung des "homo sapiens" ist auf der Welt das erste Dienstleistungsgewerbe entstanden, aus dem heute ein multinationaler Industriezweig geworden ist: Der Kauf und Verkauf von Liebe. Dies birgt an sich schon den ältesten Widerspruch in den menschlichen Beziehungen, denn die Liebe kennt keinen Preis.

Er antwortete mir, nach einem kräftigen Schluck Kräuter-Bitter, mit der feierlichen Miene eines Klerikers: die Phantasie ist hinterhältig und gleichzeitig teuflisch. Denn alles, was man nicht besitzt und sich deshalb sehnlichst wünscht, verliert an Interesse, sobald man es hat. Deshalb hatte sich Bartomeu für seine Art zu leben entschieden: als Adam ohne Eva und ohne Apfel. Der Zölibat beunruhige ihn absolut nicht, hätte er doch in seiner Jugend, Gott sei Dank, genügend Gelegenheiten gehabt, die Liebe und manche Eva gründlich kennen zu lernen. Und doch, flüsterte er mir ins Ohr, kenne er Pfarrer, denen es zeitweise gar nicht gut gehe und die öfters in die Krise schlittern, weil sie nie mit Frauen gelebt und gelitten hätten und deshalb dem Bildnis der   Hl. Jungfrau in die Augen schauen und eine lauernde Eva im Nacken spüren.

Irgendwann in den Neunzehnhundertvierzigern fiel meinen Eltern, die damals in ihren besten Jahren waren, eines Tages ein, am elysischen, menschenleeren Strand von Alcúdia Adam und Eva zu spielen und die schönsten Momente ihrer Flitterwochen zu erneuern. Sie wurden nicht aus dem Mallorquiner Paradies hinausgeworfen, ganz und gar nicht, aber beinahe hätten sie vollkommen ohne Absicht ein Kriegsschiff der spanischen Marine versenkt, das im nahe gelegenen Marinestützpunkt vor Anker lag. Der Wachhabende hatte mit seinem Fernglas ganz per Zufall meine Eltern nackt am Strand entdeckt und schlug umgehend Alarm. In wenigen Sekunden war die gesamte Mannschaft an Deck, vom Kapitän bis zum Küchenjungen. In Anbetracht des ebenso unerhörten wie unerwarteten Schauspiels beugten sich alle Mann an Backbord über die Reling, mit und ohne Fernglas.

In dem allgemeinen Durcheinander merkte keiner an Bord, dass das mittelgroße Schiff vom Gewicht der an Backbord johlenden Besatzung gefährliche Schlagseite bekam. Hätte die Kommandantur des nahen Stützpunkts nicht vorsichtshalber einige Kanonenschüsse in die Luft gefeuert, wäre das Schiff unweigerlich gesunken.

Dieser Vorfall hätte in die Annalen des Militärs als erster und einziger Untergang eines völlig intakten Schiffes der spanischen Marine eingehen können, mit der denkbar fröhlichsten Besatzung an Bord, und unter Beifall und Jubelrufen.

Am selben Nachmittag wurde in den Kneipen am Hafen über nichts anderes mehr geredet und detailgenau in immer blumigeren und phantasievolleren Ausmalungen über die "Entdeckung von Adam und Eva am Strand von Alcúdia" debattiert. Auch der Pfarrer nutzte die Gunst der Stunde und erwähnte in seiner Sonntagspredigt die Vertreibung aus dem Paradies. Er erinnerte seine Schäfchen daran, dass es für Männlein wie Weiblein gänzlich verboten und außerdem eine "halbe Todsünde" sei, gemeinsam im Meer zu baden, schon gar ohne die passenden Textilien. Diese müssten auch strikt den amtlichen Vorschriften entsprechen: knöchellange, hochgeschlossene Kleider für die Evas und Einteiler bis zu den Knien für die Adams.

Als ich zum ersten Mal mit dem anderen Geschlecht das Bett teilte, hatte ich gerade meinen sechsten Geburtstag gefeiert, und sie hieß – wie konnte es anders sein – Eva und war genauso jung wie ich. Unsere beiden Familien verbrachten den Sommer in einer alten Pension direkt am Strand, am Hafen von Pollensa. Da es keine Zustellbetten gab, wurden wir in einem winzigen Einzelzimmer mit einem Bett und einem Nachttopf einquartiert. Unsere jeweiligen Eltern konnte man als liberal bezeichnen, oder wie es damals gerne hieß, "modern". Und so hielten wir Siesta und schliefen in der Nacht wie Gott uns schuf, oder wie es Adam und Eva getan haben mögen, nur ohne „Feigenblatt". Nachdem wir uns an die "kleinen Unterschiede" unseres Aussehens gewöhnt und festgestellt hatten, dass Eva sich zum Pipi machen hinsetzen musste, während ich im Stehen zielen konnte, fanden wir es vollkommen normal, den ganzen Tag und die ganze Nacht zusammen zu sein.

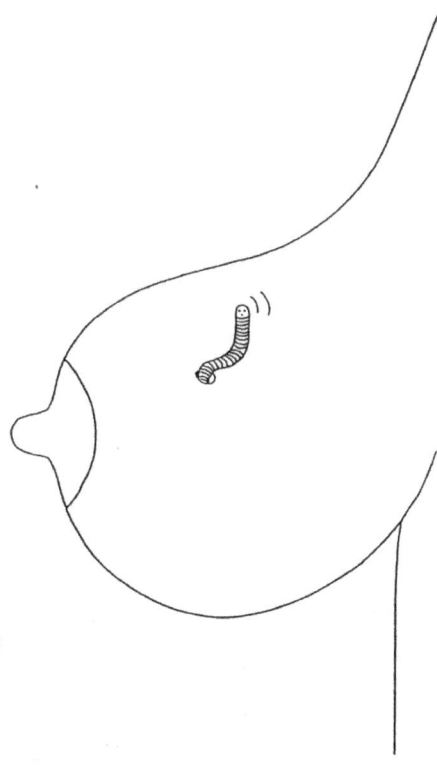

Es lag auf der Hand, dass mit der Zeit ein spezielles Interesse am Anderen erwachen musste. Zwei Sommer später besuchten uns Eva und ihre Eltern während der Ferien in Cala d'Or. Nach ein paar Tagen hatten Eva und ich genug vom Sandburgenbauen. Von einer gemeinsamen, sehr spontanen Eingebung getrieben, verließen wir klammheimlich den Strand und schlugen uns in die Büsche, d.h. unter Strandkiefern und Stechginster. Dort entledigten wir uns unserer Badeanzüge und spielten das altbekannte Doktorspiel. Zum Glück kann man uns nicht alles verbieten, denn auch als Kinder finden wir Mittel und Wege, unsere natürliche, angeborene Neugier zu befriedigen. Ob wir es wollen oder nicht, ab dem Augenblick unserer Zeugung tragen wir alle etwas von Adam und Eva in uns.

Eva und ich waren so in das Studium der Anatomie vertieft, dass wir meinen Vater gar nicht bemerkten, der uns unauffällig hinter den Bäumen beobachtete. Abends dann, beim gemeinsamen Essen, verkündete mein Vater zufrieden in die Runde, wie stolz er auf seinen aufgeweckten Sohn sei, und dass seine Freundin Eva ihm in nichts nachstünde und ihrem Namen alle Ehre mache. Eva und ich schauten uns mit hochroten Gesichtern an und schickten ein flehendes Stoßgebet gen Himmel. Aber unsere Überraschung wurde noch größer, als unsere Eltern, wohl auch dank des guten Weines, uns nicht schimpften, sondern ganz im Gegenteil hochleben ließen.

In meiner Jugend konnte man durchaus noch Adam- und Eva-Spiele an Mallorcas Stränden riskieren, allerdings nur, solange einen nicht eine Streife der Guardia Civil dabei aufstöberte, was besonders in Vollmondnächten gefährlich war. Heute gehe ich nicht mehr an diese bezaubernden smaragdgrünen Calas: Sie sind überfüllt und zubetoniert. Ich bewahre sie in meiner Erinnerung als Teil eines für immer verlorenen Paradieses, aus dem mich das Geldfieber und die Profitgier der Tourismusindustrie vertrieben haben.

Es sind aber auch die Strände der Insel nicht mehr das, was sie einmal waren. Statt der Muscheln und Seesterne, die ich als kleiner Knirps eifrig sammelte, spülen uns die Wellen heute "Geschenke unserer eigenen Zivilisation" an den Strand und geben uns zurück, was wir dem Meer irgendwann zugemutet haben: Teer, Plastiktüten, Flaschen, Präservative und sonstigen Müll und Abfall. Es liegt wahrscheinlich auch an diesem

Missbrauch der Strände, dass mir die Lust, im Adamskostüm herumzu-
laufen, vergangen ist. Aber eigentlich vor allem, weil es fast keinen jung-
fräulichen Strand mehr an den vielen Mallorquiner Buchten gibt. Wo
FKK erlaubt wäre, wie an der Platja d'Es Trenc, gehe ich aus Ge-
schmacksgründen lieber nicht mehr hin. Dort die mit Bier, Würsten und
Sangría prall gefüllten Bäuche und abstoßenden Wänste, die von der
Sonne halb durchgegarten, an hängende Dudelsäcke erinnernden, ver-
dorrten, gelifteten oder bis zum Bersten chirurgisch aufgepolsterten
Brüste und die von Überkonsum und Völlerei verformten Hintern oder
von Sesseln und Stühlen quadratisch gewordenen Fleischberge, den
ganzen abschreckenden, menschlichen Wackelpudding sehen zu müssen: nein, danke! Solche "Wunder der Natur" sollen sich die Anhänger
des "touristisch-masochistischen Vouyeurismus" gönnen!
Was würden wohl Adam und Eva von solchen ästhetischen Entgleisun-
gen unserer Gesellschaft halten? Ich bin sicher, sie würden tausendmal
lieber die erneute Vertreibung aus dem Garten Eden auf sich nehmen,
als mit uns auf dieser kaputten Welt zu leben.

Es wurde langsam hell über dem verschlafenen Palma, und die ersten
Fischer kamen in die Bar, um die letzten rascas , cañas und palos vor
dem Auslaufen zu trinken. Trotz der vielen Gläser, die Bartomeu und
ich uns hinter die Binde gekippt hatten, blieben wir dank des Genusses
verschiedenster Variationen von pa amb oli mehr oder weniger firm
auf unseren Barhockern kleben. Nachdem wir die ganze Nacht über
Adam und Eva und deren Einflüsse auf unsere Zeiten debattiert und
herum philosophiert hatten, kamen wir zwischen einer Bibelauslegung
und der anderen zu dem Schluss, dass die Heilige Schrift in einem Punkt
zumindest Recht hatte: Um eine Eva oder einen Adam zu lieben, darin
waren wir einer Meinung, brauche es keinen Apfel und keine Schlange,
nur ein Herz...

In der Zwischenzeit öffneten auf der gegenüberliegenden Seite der
Gasse einige Frauenzimmer die Fenster und Rollläden ihrer miefigen
Zimmer, um nach einer geschäftigen Nacht die aufgehende Sonne ein-
zufangen.

Jedenfalls wurden Bartomeu und ich uns einig, dass wir ohne Adam und

Eva nicht hier sitzen würden, bis zum Morgengrauen zechend und sinnend, um die Welt wenigstens in unseren erhitzten Köpfen ein bisschen zu verändern und zu verbessern.

Das Telefon

Mir sind noch die guten alten Zeiten in Erinnerung, als es in Cala d´Or kein Telefon gab und unter den Bewohnern nur dann und wann eine Zeitung vom vorletzten Tag die Runde machte.

Wer sich über die Ereignisse außerhalb dieses idyllischen Refugiums für Körper und Seele informieren wollte, hatte zwei Möglichkeiten, doch von beiden wurde kaum Gebrauch gemacht. Die erste bestand darin, die Pension Los Arcos aufzusuchen, wo im Flaschenregal der Bar ein altes Mittelwellenradio stand, das auf die Frequenz des nicht wegzudenkenden Radio Nacional eingestellt war, und sich die Mittagsnachrichten anzuhören. Tatsächlich war dies damals der einzige „christliche Sender", der in diesen Breiten zu empfangen war. Alle anderen Sender übertrugen vierundzwanzig Stunden am Tag arabische Musik aus dem Norden Afrikas. Die zweite – und ziemlich beschwerliche – Möglichkeit bestand darin, am Sonntagmorgen auf dem Fahrrad die gut fünfzehn Kilometer nach Felanitx zu strampeln. Dort wurden im geschäftigen Treiben des Sonntagsmarktes und in den überfüllten Kneipen an seinem Rande neben Neuigkeiten aus der Fußball- und Stierkampfwelt auch die Nachrichten „von auswärts" verbreitet.

Mit Glück und etwas Geschicklichkeit konnte man eine in einer Kneipe herumliegende Tageszeitung ergattern, die dann in der Regel nicht aktuell, dafür aber zerlesen und nicht mehr vollständig war, wobei Letzteres nicht etwa der amtlichen Zensur geschuldet war, sondern der Tatsache, dass das Zeitungspapier auf den Toiletten dieser Lokale auch als Klopapier Verwendung fand.

Tatsache ist aber, dass der Caladorianer von damals grundsätzlich wenig Interesse an dem hatte, was sich außerhalb eines Umkreises abspielte, der bis zur ersten Kurve der staubigen und einzigen Landstraße – sie war eher ein mit Steinen und Schlaglöchern übersäter Feldweg – reichte, die ins nächstgelegene Dorf Calonge führte.

Es ist daher nicht verwunderlich, dass die Nachricht von der angekündigten Anbindung Cala d´Ors an das Telefonnetz bei den Bewohnern des Ortes einige Aufregung und Verunsicherung auslöste.

Vor vielen Jahren war Cala d´Or ein verstecktes Plätzchen, gelegen an bukolischen Buchten mit feinstem goldfarbenem Sand – daher der Name – und umgeben von üppigen Pinienwäldern, die sich entlang der

Küste erstreckten. Es war auch ein Zufluchtsort für Künstler, die sich nach Abgeschiedenheit und Ruhe sehnten.

Für gewöhnlich traf sich eine Handvoll von ihnen nach der Siesta im legendären Hostal Romano an der Plaza de Ibiza, dem Ortszentrum des damaligen, ziemlich verschlafenen Cala d´Or, um sich einen Drink oder einen vorgezogenen Aperitif zu genehmigen. Dabei warteten sie auf die Ankunft von „La Exclusiva", die sich schon von weitem durch wiederholtes Hupen ankündigte und damit das Ende der Siesta besiegelte.

Diese Klapperkiste auf vier Rädern kam täglich aus der Inselhauptstadt Palma, fuhr dort vor der Kneipe gleichen Namens in der Stadtmitte ab und hielt auf ihrem Weg nach Cala d´Or in jedem Dorf.

Der Fahrer dieses vorsintflutlichen Gefährts war ein gewisser Ferrer, ein dicklicher und immer mürrischer Kerl, der zwischen den Ruinen seiner gelblichen Zähne stets den Stummel einer geschmuggelten Havanna hin und her schob, von denen er immer welche bei sich hatte.

Dieser Ferrer war aber mehr als nur der Fahrer eines in die Jahre gekommenen Autobusses, der sich tagtäglich unerschrocken auf den Weg in die entlegensten Nester der Insel machte, bis er als letzten Haltepunkt Cala d´Or erreichte, wo er zu wohnen beschlossen hatte.

In jedem Dorf hatte der fahrplanmäßige Halt von „La Exclusiva" ein regelrechtes Dorffest zur Folge. Ferrer betätigte mit Feuereifer seine Hupe, und zwar schon lange, bevor er die jeweilige Ortschaft erreichte, so dass jedermann über sein bevorstehendes Eintreffen im Bilde war. Nach der Ankunft wurde er wie ein Bischof mit Ehrerbietungen überhäuft und in die üblicherweise neben der Haltestelle gelegene Dorfkneipe geführt, wo er erst einmal eine ordentliche Menge Alkoholisches zu sich zu nehmen genötigt wurde.

Ferrer war – was Nachrichten, Gerüchte, Klatsch und Tratsch anging – nicht mehr und nicht weniger als die Nabelschnur, welche die Dörfer an seiner langen Fahrtroute mit dem Rest der Welt verband, zu dem zur damaligen Zeit für viele Landbewohner bereits die Kathedrale von Palma gehörte.

Eines Nachmittags, der Dieselmotor von „La Exclusiva" war kaum mit einem letzten Husten mitten auf der Plaza de Ibiza verstummt, warf sich Ferrer wie ein Denkmal in Pose und verkündete, ohne den Stummel seiner Havanna aus dem Mund zu nehmen, den maßlos erstaunten Bürgern von Cala d´Or, die gerade gegenüber im Hostal Romano ihr

„harmloses" Gläschen tranken, dass in Cala d´Or nun definitiv das Telefon Einzug halten werde.

Diese unerwartete Nachricht verbreitete sich auch ohne Telefon in Windeseile und löste in der Einwohnerschaft so etwas wie Panik aus. Für die Künstler, Bohemiens, Individualisten und sonstigen Vertreter des bunten Völkchens von Nicht-Einheimischen bedeutete die Ankunft des Telefons unweigerlich die Zerstörung eines der letzten Paradiese Mallorcas. Die Caladorianer ihrerseits verfassten eine Erklärung, in der sie zum Ausdruck brachten, dass sie eine Preisgabe der Natur zugunsten einer keinerlei Kontrolle unterliegenden Technik zutiefst verabscheuten. Diese Erklärung wurde den amtlichen Vertretern feierlich übergeben, blieb aber ohne jede Wirkung.

Wie sehr sollte sich dieses so fragile und glückliche Mini-Universum durch die mit der Ankunft des Telefons ausgelöste Lawine verändern…!

Nach Monaten beklommenen und angespannten Wartens wurde der Albtraum der Caladorianer – die Ankunft des Telefons – schließlich und unerbittlich Realität.

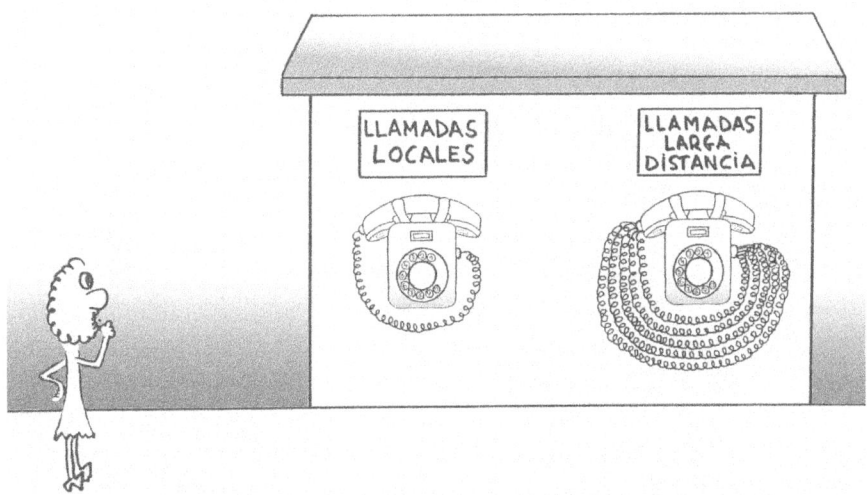

Der unaufhaltsame Einzug dieser „nur Verwirrung stiftenden Technologie", wie die Telefonie damals in Cala d´Or abschätzig bezeichnet wurde, löste in der Einwohnerschaft eine in dieser Gegend bis dahin nie da gewesene Unruhe aus. Auf einmal war der Ort nicht mehr vom

Rest der Welt abgeschnitten.

Das zunächst einzige Telefon wurde in einer „Telefonzentrale" mitten im verschlafenen Cala d´Or installiert. Diese so genannte „Telefonzentrale" war nichts weiter als ein bescheidenes Kämmerchen, in dem während der Geschäftszeiten eine Telefonistin die Verbindungen auf nur einer einzigen Amtsleitung herstellte, und eine daneben aufgestellte, Klaustrophobie auslösende Telefonkabine, die gebraucht und ziemlich wurmstichig war und schon bessere Zeiten gesehen hatte. In ihrem Inneren stank es nach altem Schweiß und abgestandenem Rauch. Was für ein Unterschied war das zwischen dieser übel riechenden Bude und dem riesigen Gebäude der Telefongesellschaft „La Telefónica" an der Madrider Gran Vía, dem einstmals höchsten Gebäude Europas!

Der Telefonapparat selbst, aus schwarzem Bakelit, war nach meinem Empfinden ein Krüppel, denn ihm fehlte die Wählscheibe. Stattdessen war mit gelblichem Klebestreifen der schon ziemlich verblasste Hinweis aufgeklebt: EIGENTUM DER STAATLICHEN SPANISCHEN TELEFONGE-SELLSCHAFT. Oft fragte ich mich, welcher unterbelichtete Zeitgenosse wohl auf die Idee kommen könnte, dieses Ekel erregende Teil mitgehen zu lassen, mit dem man nicht eine einzige Ziffer wählen konnte. Vielleicht sollte dieser Hinweis aber auch nur verhindern, dass der abstoßende Apparat dem Vandalismus wütender Benutzer zum Opfer fiel, die über das, was der „Monopolist" mit unverschämter Arroganz als „Fernsprechdienst" bezeichnete, höchst ungehalten waren.

Oben auf dem Gerät prangte eine Glocke, die genauso schrill und unangenehm tönte wie mein Wecker, wenn er mich morgens unsanft und Herzrasen verursachend aus dem Schlaf riss. Aus dem Hörer quoll ein übler Geruch, der ganz ohne Zweifel ein Cocktail der abstoßendsten menschlichen Ausdünstungen war. Die Löcher der Hörmuschel, die man ans Ohr halten musste, waren mit mehreren Schichten Ohrenschmalz in unterschiedlichsten Gelb- und Brauntönen verstopft, während die der Sprechmuschel mit dem Mikrofon mit eingetrockneten Speichelresten und Bröseln von schwarzem Tabak verklebt waren.

Die ebenso junge wie sympathische Telefonistin hieß Catalina und wurde von mir Cati genannt. Sie war redselig, vollbusig und hatte langes, kastanienbraunes Haar, und ihre schwarzen Augen waren so groß wie Wählscheiben. Und während sie wählte, himmelte ich Bürschchen sie an...

Es gab nicht wenige Caladorianer, die die „Telefonzentrale" und den einzigen Fernsprechapparat mit geradezu religiösem Eifer boykottierten. Vor allem die im Ort ansässigen Engländer ignorierten diese Neuerung mit stoischem Gleichmut und schrieben weiterhin mit Füllfederhalter und in eleganter Handschrift Briefe, ganz so, als habe das Telefon ihr geliebtes Fleckchen Erde nie erreicht.

Die Künstler, Schriftsteller, Bohemiens, Existentialisten und Individualisten, die sich in dem bezaubernden Cala d´Or aufhielten, fühlten sich durch das Telefon von einem Tag auf den anderen ihrer Zufluchtsstätte für Körper und Geist beraubt. Für sie war die Installation des verhassten Telefons der erste Schritt auf dem Weg zum Untergang der Schrift, der Briefe und der in Schrift gegossenen Gefühle und Botschaften und bedeutete zugleich das abrupte Ende ihres beschaulichen und kreativen Lebens und des Friedens und der Ruhe in diesem abgeschiedenen Winkel unseres Planeten. Die ersten, die sich der „Telefonzentrale" – nicht nur aus Neugier, sondern um ein Telefongespräch zu führen – näherten, waren die Mallorquiner und „die vom spanischen Festland". Anfangs beschränkten sich die Telefonate auf kurze Grußbotschaften an Verwandte und Freunde. Während der Anrufer sprach oder der vertrauten Stimme aus der Ferne lauschte, wickelte er die Hörerleitung immer wieder unbewusst um den Zeigefinger, was mich in meiner Naivität glauben ließ, dies sei der Grund dafür, dass die Hörerleitung an allen Telefonapparaten immer so akkurat zusammengerollt war.

Wer die Strapaze auf sich nahm, in der „Telefonzentrale" ein Gespräch anzumelden, brauchte viel Geduld und Beharrlichkeit. Eine Verbindung beispielsweise nach Felanitx – der größten Ortschaft in diesem Teil Mallorcas und nur gut fünfzehn Kilometer entfernt – zu bekommen, konnte durchaus einen halben Vormittag dauern. Und wer sich den Luxus eines Anrufs in dem etwa sechzig Kilometer entfernten Palma leisten wollte, musste unter Umständen eine mehrstündige anstrengende Warterei in glühender Sonne und ohne Sitzgelegenheit in Kauf nehmen.

Mich amüsierte damals der Gedanke, dass ich mit dem Fahrrad schneller in Palma gewesen wäre, wenn ich dort mit jemandem hätte sprechen wollen.

Die Hauptprobleme waren die zu geringe Zahl von Amtsleitungen und die Kompliziertheit der Handvermittlung zwischen den dörflichen Vermittlungsstellen. Jede Verbindung lief durch die Hände und Ohren mehrerer Telefonistinnen, bis sie schließlich den Apparat des gewünschten Teilnehmers erreichte.

Darüber hinaus war die akustische Qualität der Verbindungen miserabel. Nicht nur aufgrund der antiquierten und fehlerhaften Technik des Telekommunikationssystems und wegen der „staatlichen Abhörmaßnahmen", sondern auch aufgrund der Tatsache, dass die klatschsüchtigen Telefonistinnen aufmerksam und mit roten Ohren jedes Detail der Gespräche mitzuhören pflegten, so dass sie am Ende ihres Arbeitstages mehr wussten als der Papst...

Auch diejenigen, die vor der „Telefonzentrale" Schlange standen, bekamen den Inhalt der Gespräche mit, wenn auch gezwungenermaßen und unfreiwillig. Die katastrophale Qualität der Verbindung ließ dem Anrufer nämlich keine andere Wahl, als so laut wie möglich in den ekelhaften Hörer zu sprechen, was zur Folge hatte, dass man sein entnervtes und aufgeregtes Geschrei aus der widerlichen Kabine bis auf die Straße hören konnte. Ich muss gestehen, dass ich mir – clever wie ich war – etwas einfallen ließ, um dank der „monopolistischen" Telefónica an ein paar Peseten zu kommen...

Da die „Telefonzentrale" nur über eine einzige „handvermittelte Leitung" verfügte, dauerte es nicht lange, bis sich vor dem Telefonkabäuschen eine Schlange bildete. Um ihnen die für gewöhnlich Stunden dauernde, anstrengende Wartezeit angenehmer zu gestalten, baute ich mich vor den geplagten Kunden der Staatlichen Spanischen Telefongesellschaft auf und schlug ihnen je nach Tageszeit vor, in der benachbarten Kneipe Ca´n Trompé bei Kaffee und Ensaimadas , ein paar Gläsern Bier oder Hochprozentigem, Aperitifs oder Pambolis zu warten. In meinem Hausaufgabenheft notierte ich peinlich genau das Ziel jedes in der „Telefonzentrale" angemeldeten Gesprächs und bat die bemitleidenswerten Wartenden dann, in die Kneipe zu gehen und dort die Wartezeit entspannt und bei Essen und Trinken zu verbringen.

Zuvor hatte ich mit dem Besitzer des Lokals – Trompé höchstpersönlich – ausgemacht, dass ich als Gegenleistung dafür, dass ich ihm täglich zusätzliche – und vor allem vom langen Warten durstige und hungrige – Kundschaft verschaffte, kostenlos Erfrischungsgetränke konsumieren dürfe, soviel ich wolle, und je nach Appetit auch noch den einen oder anderen Bissen oder eine Ensaimada.

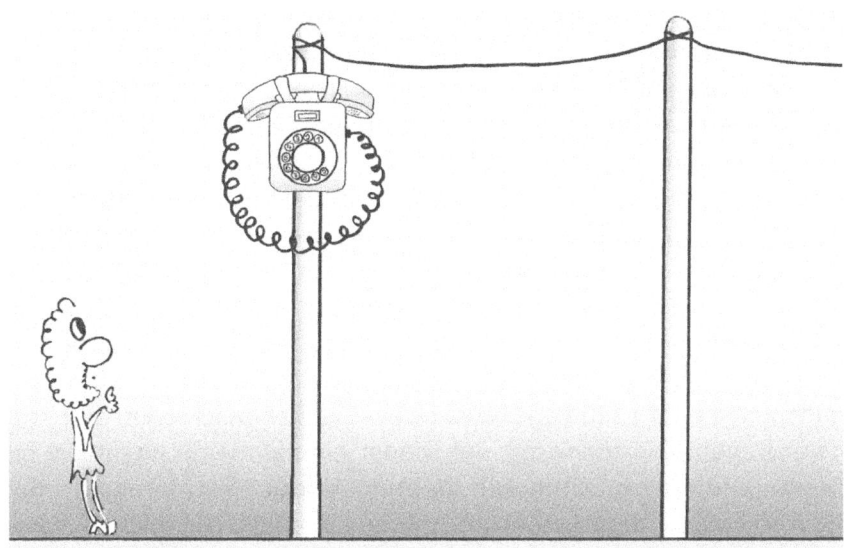

Sobald die Telefonistin Cati aus ihrem Kämmerchen das Ziel der herge-
stellten Verbindung herausrief, rannte ich zum Ca´n Trompé und rief es
von der Tür aus lauthals in den Raum. Wenn sich der glückliche Kunde
eilends auf den Weg zur Kabine machte, hielt ich ihm meine Sammel-
büchse – eine Blechdose der Marke Cola-Cao – hin, die wie eine improvisierte Sparbüchse mit einem Schlitz versehen war und in die er dann
dankbar das von mir erhoffte Trinkgeld fallen ließ.
Manchmal folgte ich auf meinen Ausflügen mit dem Fahrrad den Telefonmasten, die am Rande des langen und staubigen, mit Steinen und
Schlaglöchern reichlich ausgestatteten Weges standen, der Cala d´Or
mit „der Außenwelt" verband, also mit dem Rest Mallorcas.
Zwischen den Masten baumelte eine einzelne schwarze Telefonleitung
so locker, dass sie beim geringsten Luftstoß wie von unsichtbarer Hand
bewegt hin und her schaukelte.
Diese Masten aus grob bearbeitetem Holz, die in den Boden gerammt
und unten bis etwa in Höhe meines Kopfes schwarz gestrichen waren,
faszinierten mich. Ich stellte mir vor, dass sie ursprünglich von unten
bis oben angestrichen werden sollten, dass aber der Zwerg, dem man
diese Arbeit übertrug, keine Leiter hatte, so dass die Masten der Staatlichen Spanischen Telefongesellschaft unvollendet blieben.

Dort inmitten der Landschaft mit ihren Mandel-, Feigen-, Oliven- und Johannisbrotbäumen waren die Masten in meiner Phantasie und auf den ersten Blick Bäume, die in Ermangelung von Ästen und Blättern mit Hilfe dieser magischen Leitung miteinander kommunizierten.

Als ich mich ihnen zum ersten Mal näherte und sie berührte und den Geruch ihres Holzes wahrnahm, wurden sie zu den Masten unsichtbarer Schiffe aus einer Märchenwelt. Was von weitem wie normale schwarze Farbe aussah, verströmte in der Nähe einen intensiven Geruch, der mich an mein heiß geliebtes Meer erinnerte. Meine Nase sagte mir, dass es sich ganz ohne Zweifel um ein Gemisch aus Teer, Fisch, Talg und Fischöl handelte, wie man es zur Kalfaterung und zum Anstrich von Schiffsplanken und Tauwerk verwendet. Zugleich machte ich eine weitere aufregende Entdeckung, die wieder einmal meine Phantasie beflügelte: zahlreiche Schnecken klebten an den Telefonmasten und machten sich an dem geteerten Holz zu schaffen. Für mich war klar, dass diese neugierigen Kreaturen jederzeit alles mitbekommen wollten, was am Telefon gesprochen wurde, und somit Teil dessen waren, was ich als „Volksabhörsystem" bezeichnete. Ich fand auch leicht eine Erklärung für das Verhalten der Schnecken: da sie sehr reizempfindlich sind, nehmen sie die für das menschliche Ohr nicht hörbaren Schallwellen wahr, die sich von der am Mast befestigten Telefonleitung durch das Holz ausbreiten; diese werden anschließend im Inneren des Schneckenhauses verstärkt.

Ich weihte niemand in meine Entdeckung ein, was nichts mit „wissenschaftlichem Egoismus" zu tun hatte, sondern weil ich schlicht und einfach nicht wollte, dass die Schnecken umgehend ihres Freiluft-Lauschvergnügens beraubt wurden und in den Kochtöpfen von Bauern und Landbesitzern landeten, auf deren Grund und Boden es einen oder mehrere dieser Masten mit den daran haftenden telefonsüchtigen Mollusken gab.

Als Kind spielte ich mit meinen Freunden „Telefonieren". Dazu brauchten wir zwei Dosen, in deren Boden wir ein Loch bohrten, und einen langen Faden, der durch diese Löcher gezogen und verknotet wurde. Wenn wir den Faden straff zogen, konnten wir Gespräche nachahmen, wie sie die Erwachsenen führten. Für uns waren das immer „Interkontinentalgespräche", wenngleich wir nur ein paar Meter voneinander entfernt waren. Der Vorteil unseres Dosentelefons bestand darin, dass die Gespräche zum einen nichts kosteten und zum anderen weder von der Zensur noch von klatschsüchtigen Telefonistinnen abgehört wurden...

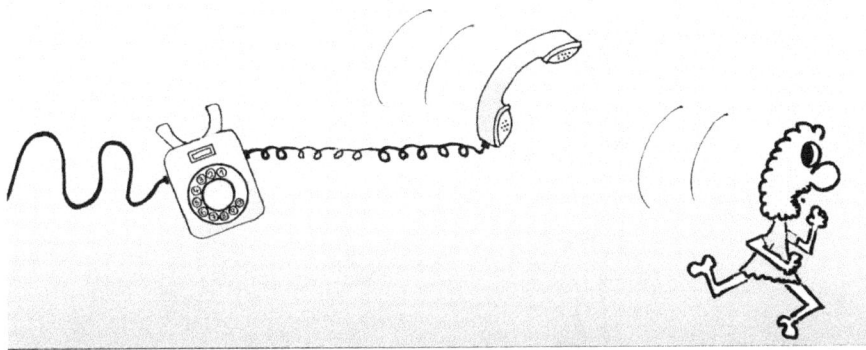

Auf die Dauer konnte die „monopolistische Telefónica" die technischen Neuerungen auf dem Gebiet der Telefonie nicht ignorieren, und so kam es, dass nach den Jahren der „Telefonzentrale" die Einzelanschlüsse Einzug hielten.

Nur noch wenige widerspenstige Caladorianer weigerten sich hartnäckig, ihr Zuhause mit einem Telefon zu teilen, obgleich der einzige Vorteil eines Einzelanschlusses darin bestand, dass man sich nicht mehr vor Catis „Telefonzentrale" in die Schlange einreihen oder die stundenlange Wartezeit bei ein paar Getränken und etwas Essbarem im Ca'n Trompé totschlagen musste. Nun musste man nämlich im eigenen Heim warten, ein Ohr fest an den schwarzen Bakelithörer gepresst, bis einem ein anonymes und unsichtbares „Fräulein vom Amt" die gewünschte Verbindung herstellte. Für mich bedeutete dieser Fortschritt im Fernsprechwesen den endgültigen Verlust der nicht unerheblichen Trinkgelder und damit meiner Einnahmen zur Deckung meiner bescheidenen Ausgaben.

Rückblickend kann man sagen, dass jenes Kämmerchen mit seinem einzigen Telefonapparat das damalige Cala d'Or in dramatischer Weise veränderte.

Die Fischhändlerin vom Markt

Die Fischhändlerin vom Markt,
vom Markt in Felanitx,
meine heimliche Liebe,
als ich ein junger Bursche war,
ein Bursche aus der Fremde.

Nie wagte ich dir zu gestehen,
dass ich mein reines Herz
an dich verlor.
Du schlugst es ein
wie einen Fisch
in alter Zeitungen Papier.

Deine schwarzen Augen,
tiefgründig wie das Meer.
Deiner Lippen karminrote Glut
gleich der Abendsonne Feuerschein.
Dein Busen schimmernd wie Perlmutt
und feines Elfenbein,
wie der flüchtige Schaum,
der den Sand mit Küssen bedeckt.
Die Wellen deines Haares
wie Wogen im Vollmondschein.
Fischhändlerin vom Markt,
vom Markt in Felanitx,
nie kann ich dich vergessen.

Wie oft träumt´ ich davon,
mit dir zu segeln
über die sieben Meere
der Leidenschaft!
In Gedanken liebte ich dich
auf einem Lager aus Korallen
und erwachte in deinen Armen,
geweckt von deinem Sirenengesang,

stets aufs neue versinkend
im Ozean deiner Augen.

Fischhändlerin vom Markt,
vom Markt in Felanitx,
Sirene meiner Träume.
Betörtest mich
mit deinem Duft nach Meer,
nach Perlen, Muscheln
und nach Freiheit!

Du hättest mich verlacht,
den naiven Süßwassermatrosen,
geboren weitab vom Meer
auf der Hochebene Kastiliens.
Das wenige Wasser, das als Kind ich sah,
war das trübe und gezähmte
des Manzanares-Flusses
und das unbewegte algengrüne
im Teich des Retiro-Parks.

Fischhändlerin vom Markt,
vom Markt in Felanitx,
dein Gesang blieb mir bewahrt
in der Muschelschale,
die sich in meinem Netz verfing,
damals in Cala Fe.

Der Troubadour

Es war die etwas verrückte, leichtlebige Zeit zu Beginn des organisierten Tourismus auf Mallorca, so Mitte der Sechziger Jahre. Junge, hübsche Schwedinnen, Deutsche, Engländerinnen und sonstige Nordlichter erschienen auf einmal auf der Insel und trugen die gewagtesten Bikinis zur Schau. Nie zuvor waren einheimische Männeraugen solchen Sinnesfreuden ausgesetzt gewesen, war doch bis dahin auf kirchlichen und behördlichen Befehl sogar das gemeinsame Baden von Männlein und Weiblein verboten. Damals kursierten die tollsten Gerüchte und viele lustige Anekdoten über Individuen aus jener "heroischen" Zeit des Mallorquiner Tourismus. Einer dieser unvergesslichen Typen war Bernat Soler, dem ich den Beinamen "Troubadour" verpasste. Er hatte schon als Kind gesungen und Gitarre gespielt und war ein richtiger Koloss, allerdings ein wohlproportionierter.

In seinem Geburtsort Felanitx wurde er darum folgerichtig einfach "Großer" oder "Der große Bernat" genannt.

Für seine riesigen Füße fand er kein passendes Schuhwerk. So musste er sich seine Schuhe extra anfertigen lassen, wahrscheinlich der Grund dafür, dass er sie nie auszog, nicht einmal am Strand.

Immer trug er schwarze Hosen und Socken zu einem blütenweißen Hemd. Bei besonders "eleganten" Anlässen oder wenn es kühler wurde, zog er einfach eine schwarze Weste über das immer makellose Hemd. Er war ein sympathischer, liebenswürdiger Kerl, der oft und gerne lachte. Dabei entblößte er zwei Reihen perfekter weißer Zähne und erinnerte mich dabei mit seinem Aussehen an eine Kreuzung zwischen einem rasiertem Affen und dem unvergänglichen italienischen Schnulzenbarden Adriano Celentano. Sein Alter konnte man nicht einmal annähernd schätzen, und er hat es auch nie preisgegeben, aber seine an den Tag gelegte Energie und seine Lebenskraft waren Beweis genug, dass er in den besten Mannesjahren war, als ich ihn damals zum ersten Mal traf.

Bernat war von Natur aus charmant und gewandt. Allein schon deswegen hätten ihm alle Frauen zu Füßen gelegen, sogar wenn er ihnen statt mit seiner Gitarre, von der er sich nie trennte, mit dem Krach eines Schlagzeugs den Hof gemacht hätte. Seine Spezialität waren die Deutschen, nicht zu junge, sondern eher "ausgereifte" - wie er sie nannte - und am liebsten unverheiratete, getrennt lebende oder geschiedene Damen.

Kennen gelernt hatte ich ihn eines Nachts in Cala d'Or im legendären "Whisky Club", einer Disco unter freiem Himmel - als dieses liebenswürdige Mallorquiner Fleckchen Erde nur aus einem Häuflein weiß getünchter Häuschen unter Pinien bestand, mit ein paar Bars, Restaurants und Hotels darunter.
Wir waren dort in unserer multinationalen Clique vier Jungs und drei Mädchen, die sich   über Jahre im Sommer wieder zusammen fanden. Dass wir nicht vier ganze Pärchen waren, lag an Pierre, einziges Kind stinkreicher Belgier, dem das Talent zum Anbaggern komplett abging. Er war etwas dicklich, verfügte aber über ein unerschöpfliches Repertoire an Witzen aller Kaliber, mixte eine ausgezeichnete Sangría in seiner immer verfügbaren Karaffe zusammen und war stolzer Besitzer eines mit einem "Mercury"-Außenbordmotor ausgerüsteten Schlauchbootes Marke "Zodiac", mit dem wir häufig Ausflüge an die unentdeckten Strände der näheren und weiteren Umgebung unternahmen.

Wir hatten uns wie fast jeden Abend im "Whisky Club" getroffen und setzten uns an "unseren Tisch", der unter den Pinien in einer Ecke immer für uns reserviert war.
Ein Scheinwerfer leuchtete schon die Bühne aus, als hinter dem Vorhang ein Hüne mit einer Gitarre erschien, die im Verhältnis zum enormen Körperbau ihres Besitzers und seinen riesigen Pranken auch als Ukulele durchgegangen wäre. Mit dröhnender, aber trotzdem sehr wohlklingender Stimme schmetterte er den Hit des Sängers Bonet de San Pedro namens "Cala d'Or es de Mallorca", der dann auch zum Markenzeichen all seiner Auftritte werden sollte. Schon nach den ersten Takten hatten wir den Troubadour ins Herz geschlossen und sangen alle Refrains seiner Ohrwürmer mit. Er revanchierte sich mit der Stegreiferfindung von leicht pikanten Texten, die er sich zu den mitreißenden Melodien der aktuellsten Schlager einfallen ließ. Die Stimmung stieg derartig, dass der Troubadour uns mit Zeichen zu verstehen gab, auf die Bühne zu kommen und mit ihm gemeinsam weiter zu singen. Ich rief den Kellner her und bat ihn, mir seine Gitarre zu leihen und alles,

was er an Instrumenten oder perkussiven Hilfsmitteln auftreiben konnte, auf die Bühne zu karren. Kurz darauf rückte er an mit einer Gitarre und einer ganzen Kiste voller Tamburine, Kastagnetten, Rasseln, Tschinellen, Glocken und sogar mit einer Pauke. Jeder aus unserer Gruppe schnappte sich sein Lieblingsinstrument. Pierre entschied sich für die Pauke - die bestens zu seiner Figur passte - und ich hängte mir die Gitarre um. Erwartungsvolles Klatschen des Publikums begleitete uns auf die Bühne, wo der von unserer Spontaneität beeindruckte Troubadour uns als seinen "Chor" vorstellte. Voller Temperament stimmte er "La Bamba" an, zu der wir mit mehr Inbrunst als wirklichem Können sangen und ein noch nie gekanntes Spektakel an rhythmischem Krach losbrachen, das bestimmt über ganz Cala d'Or zu hören war.

Mit jedem neuen Lied kamen noch mehr Leute durch das Tor herein und wollten bei dem Spaß mitmachen. Als der Club schon fast aus allen Nähten platzte, kamen auch noch die Jugendlichen aus Calonge und S'Horta auf ihren Fahrrädern und Mofas dazu. In Ermangelung eines Stehplatzes, geschweige denn eines Sitzplatzes, kletterten sie einfach in die umstehenden Pinien, um ja nichts von der Darbietung zu verpassen. Ich weiß nicht mehr genau, um wie viel Uhr wir völlig geschafft, aber glücklich, unser spontanes Gastspiel beendeten, obwohl das noch sehr muntere Publikum uns gar nicht von der Bühne lassen wollte und uns mit randvollen cava-Gläsern köderte. Es kam jedenfalls auch noch der Animateur des "Club Méditerranée" vom nahe gelegen Porto Petro vorbei und lud uns für den nächsten Abend zu einer Veranstaltung anlässlich des französischen Nationalfeiertags ein. Der Troubadour und wir waren begeistert und sagten ohne Umschweife zu, mit der einzigen Bedingung, dass er uns Perkussionsinstrumente bereitstellen musste. Als ich endlich zuhause war, wurde es gerade hell.

Wie vereinbart, trafen wir uns nachmittags an der Cala Llonga, wo Pierre seinen "Zodiac" am Ufer festgezurrt hatte. Als letzter kam der Troubadour mit seiner Gitarre angerannt. Völlig außer Atem berichtete er uns von seinem "Tageseinsatz".

Er hatte bei einem "Piratenausflug" singen und spielen müssen. Bei diesen Bootsfahrten entlang der Küste, vorbei an Buchten und Häfen, schütteten sich die Touristen mit Sangría zu, bis das Ausflugsschiff in einer einsamen Bucht ankerte, wo man ihnen am Strand eine große Paella zubereitete und Wein, so viel sie wollten, und noch mehr Sangría servierte. Wenn es dann am Nachmittag wieder zurück über das vom aufkommenden Wind gekräuselte Wasser ging, hingen die Urlauber voll wie die Haubitzen und schwindlig von den Schiffsschwankungen über der Reling und "fütterten die Möwen" mit allem, was sie vorher in sich hineingeschüttet hatten.

Wir legten also mit dem völlig überladenen "Zodiac" von der bezaubernden Cala Llonga ab. Eigentlich war das Boot nur für vier Personen zugelassen und nicht für die "achteinhalb", die wir mit dem "Großen Bernat" waren. Der pflanzte sich am Bug auf und legte gleich mit seiner Hitauswahl los, während Pierre am Steuer des Außenborders am Heck seine Karaffe mit selbst gemachter Sangría entkorkte und in die für Mallorca typischen Steingutbecher füllte.

Als wir vergnügt und schon leicht angeheitert in Porto Petro ankamen und auf den Sand des Caló de Sa Torre direkt neben dem "Club Méditerranée" sprangen, ging die rotorangene Sonne gerade als Feuerball unter. Am Strand erwartete uns der Animateur mit den versprochenen Instrumenten, umringt von unzähligen jungen Mädchen. Alle trugen Badeanzüge oder Bikinis, darunter ein paar sehr attraktive kleine Französinnen. Andere hatten sich nach Art der Hawaianerinnen bunte Tücher um die Hüften geschwungen. Kaum hatte Bernat seine Riesenfüße, d.h. seine "Siebenmeilenstiefel" auf den Strand gesetzt, schmetterte er auch schon die Marseillaise in seinem unvergleichlichen Kauderwelsch, das er für "improvisiertes Französisch" hielt. Großes Hallo und Gelächter allerseits setzte die Party in Gang. Belagert von so viel weiblicher Schönheit, die sich im Takt seiner Lieder wiegte, war der Troubadour nicht zu bremsen. Wir unterstützten seinen Gesang mit allem, was unsere Lungen und die Trommeln hergaben. Gleich auf dem Strand wurde ein großartiges Buffet nebst allen möglichen Getränken gereicht.

Um Mitternacht, bei Vollmond, stiegen die Raketen eines vielfarbigen Feuerwerks in den Himmel, das zeitlich bestens abgestimmt, von entsprechenden "Aaaahs" und "Oooohs" und nicht wenigen Gläsern "echtem französischem Champagner" begleitet wurde.

Das stundenlange Singen und Tanzen auf dem Sand nach dem üppigen Essen und dem vielen Trinken forderte seinen Tribut und schaffte uns früher oder später alle. Irgendwann in den frühen Morgenstunden ließ ich mich vollkommen erschöpft in die Arme meiner englischen Freundin Rosemary fallen, die noch die Kastagnetten an ihren Fingern hatte, und schlief ein. Ein fernes Echo des Troubadours mit seinem "Cuando salí de Cuba" begleitete mich hinein in süße Träume unter dem Mondschein und den Sternen.

Im Morgengrauen wachte ich auf und stellte fest, dass Rosemary und alle anderen noch tief und fest auf dem Sand verstreut schliefen. Nur der Troubadour und Pierre fehlten. Letzteren fand ich schnarchend in einem Liegestuhl neben dem verlassenen Swimmingpool des Lokals, neben ihm seine Karraffe, die er offensichtlich im Verlauf der Nacht öfters mit Sangría nachgefüllt hatte.

Von der Bar her schallten Akkorde einer Gitarre, Gelächter, weibliche Stimmen und eine unverkennbare, männliche: der Troubadour. Ein paar knusprige Französinnen hatten einen Riesenspaß mit Bernat, dem sie gerade Chansons von Charles Aznavour beibrachten, und lachten sich dabei krank über sein "improvisiert phonetisches Französisch".

Umringt von seiner weiblichen Hörerschaft gingen wir mit Bernat zum Strand hinunter, wo der Rest der Clique splitternackt im Wasser planschte.

Die Sonne ging schon langsam über dem Meer auf und schüttete ihr golden glänzendes Licht über die stille Fläche aus. Wir kletterten alle in das Schlauchboot, drängten uns wie Sardinen aneinander und unterzogen uns dem neuen Chansonprogramm von Charles Aznavour, das Bernat in seiner schauerlich falschen " Sprache der Gallier" darbrachte.

Unter anhaltenden Verwünschungen versuchte Pierre in der Zwischenzeit, den Außenbordmotor mitten im Caló de Sa Torre zu starten.

Mit einem Ruck sprang er auch an, allerdings unter Abgabe einer stinkenden schwarzen Wolke, die nichts Gutes verhieß. Und tatsächlich, statt wie üblich bei Booten und sonstigen Schiffen nach vorne, machte unser Gummiboot scheußlich quietschend einen gewaltigen Satz nach hinten und katapultierte die ganze Mannschaft über die nur eine Handbreit aus dem Wasser ragende Bordwulst. Das heißt, nicht alle: Bernat hockte wie festgenagelt nach wie vor am Bug, Pierre klammerte sich am Motor fest, und Rosemary und ich kauerten aus Platzmangel auf dem Gummiboden.

Seiner Steuerung durch Menschenhand beraubt, spielte der Motor komplett verrückt und riss das Boot in rasender Geschwindigkeit direkt auf die Felsen zu, ohne sich um die saftigen Flüche und das verzweifelte Hantieren von Pierre zu kümmern. Der Aufprall an den messerscharfen, nadelspitzen Klippen, die ihre Zacken wie Zähne ins Heck unseres Schlauchbootes schlugen, war gewaltig und machte dem launischen Motor endgültig den Garaus. In wenigen Sekunden entwich die Luft aus den Kammern und das Boot ging unter, Motor voraus.

Zum Glück reichte uns das Wasser nur bis zu den Schultern, dem Troubadour natürlich nur bis kurz über den Bauchnabel. Er watete jedenfalls seelenruhig, Gitarre unter dem Arm, Richtung Strand und stimmte ein passendes Liedchen an: "Adelita, wann seh' ich dich wieder?", was uns andere trotz allem Frust über den traurigen Untergang unserer "Gummi

-Titanic" richtig zum Lachen brachte. Als letzter stapfte Pierre prustend, aber mit seiner obligaten Sangría-Karaffe, an den Strand.

Der Troubadour hatte in der letzten Nacht kein Auge zugemacht und sang und spielte trotzdem in seinen triefenden Klamotten, als ob es das Normalste der Welt wäre; er verhexte mit seiner Musik das junge Publikum, das sich immer zahlreicher um uns scharte wie in der vergangenen Nacht. Die Party konnte weitergehen, obwohl es eigentlich Zeit zum Frühstücken gewesen wäre...

Um meiner damaligen chronischen Flaute in Gelddingen zu begegnen, beschloss ich, den Rest der Saison in dem berühmten, heute schon legendären Grilltempel "La Ponderosa" zu kellnern. Die überdimensionale

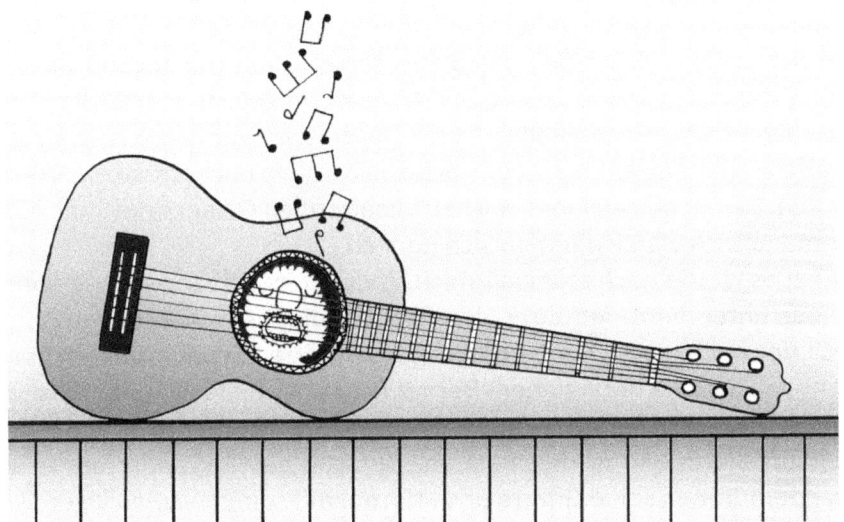

Gaststätte befand sich strategisch gut gelegen mitten auf dem Land, also fern der "Zivilisation", und hatte erfreulicherweise nur fünf lange Nächte pro Woche geöffnet. Die anderen freien Tage brauchte das erschöpfte Team ebenso wie ich, um sich von den Anstrengungen des nächtlichen Betriebes zu erholen.

Mehr als tausend hungrige und durstige Touristen aus den umliegenden Hotels konnte das riesige Barbecue-Lokal jeden Abend bewirten. Die spartanischen Menüs in ihren Unterkünften, die sie mit "Vollpension" gebucht hatten, trieben die Armen in Scharen in die "Ponderosa". Es war also nicht weiter erstaunlich, dass sich diese Leute mit Essen und

Getränken voll stopften, bis sie fast platzten.

Sie wurden gleich bei ihrem Eintritt in den kühlen Innenhof mit höllisch scharfen "Mauren-Spießen" und mehreren Bechern Sangría begrüßt, um das unausweichliche Brennen im Mund einigermaßen zu löschen. In Sachen Wirkung war diese aus einem riesigen Bottich geschöpfte Sangría um vieles effizienter als die, die von Pierre üblicherweise zusammengebraut wurde. Das Rezept dafür war genial einfach: nach jedem "Grillabend" füllten wir den Bottich mit Resten aus Weinflaschen und übrig gebliebenem Obst vom Nachtisch auf, fügten noch großzügig Cointreau und Cognac dazu und fabrizierten mit dieser brisanten Mischung eine immer wieder gelungene "Feuersangría".

Einmal vorgeglüht und ordentlich beschwipst, platzierten sich die Touristen an endlosen Tischreihen in den Speisezimmern. Dort bekamen sie großzügig Wein kredenzt und Spanferkel oder Hühnchen direkt von den Grillplätzen im Freien aufgetischt. Zum Nachtisch und gewissermaßen als Höhepunkt des kollektiven Besäufnisses wurde der cava kistenweise aufgefahren, und jeder durfte sich so oft nachschenken, wie er wollte. Dass inmitten eines solchen ausufernden Gelages die Stimmung immer famos war, kann man sich denken.

Aber es wurde noch toller, als mich eines Abends überraschend meine Clique unter ihrem Anführer, dem Troubadour, besuchte. Alle mussten sich der obligatorischen Zeremonie der scharfen Spieße und hochprozentigen Sangría unterziehen. Bernat fand alles einfach Spitze, schlang gleich zwei Spieße auf einmal hinunter und kippte sich die Sangría schöpfkellenweise in den Rachen. Derartig gestärkt, stimmte er im Handumdrehen seine Gitarre und stürmte mit seiner eigenwilligen Version des "Porompompero" in den brechend vollen Speisesaal, gefolgt von den ebenfalls angeheiterten Jungen und Mädchen unserer Gruppe, die ihn zwar falsch, aber begeistert und aus vollem Hals bei seinem Liedchen begleiteten. Es dauerte nur einige Takte, bis der Funke übersprang: knackige Urlauberinnen erklommen plötzlich die Tische und entledigten sich tanzend ihrer Büstenhalter, sehr zur Überraschung der Kellner, die dem Treiben mit offenen Mündern zusahen. Alle Touristen, die sich noch einigermaßen auf den Füßen halten konnten, hauten mit Fäusten, Gläsern und Flaschen den Rhythmus auf die Tische und plärrten die Refrains in einer ohrenbetäubenden Kakophonie mit.

Inmitten dieser universellen Ausgelassenheit gelang es einer teutonischen Walküre ähnlicher Ausmaße wie unser zyklopischer Bernat, sich mit Händen und Füßen an den Troubadour zu klammern, so dass sich ihre exorbitanten Brüste über ihn ergossen. Es war das erste Mal in seiner gesamten musikalischen Karriere, dass dem Sänger mitten in einem Lied die Stimme versagte. Ich wusste nicht, ob die Ursache für seine unerwartete Sprachlosigkeit die Überraschung selbst oder doch der üppige Busen in seinem Gesicht war, jedenfalls konnte er mir mit einer freien Hand verzweifelte Zeichen für eine dringend notwendige Rettungsaktion geben.

Ich dachte, er bräuchte meine Hilfe zur Befreiung aus den Fängen der monumentalen Deutschen, die immer noch wie eine kolossale Klette an ihm hing, aber als ich bei ihm war, reichte er mir nur keuchend seine Gitarre und rief: "Spiel, spiel weiter!" Unter tosendem Beifall und den Hochrufen der beschwipsten Touristen verschleppte die Walküre den Troubadour durch die Seitentür in die Büsche.

Mir blieb nichts anderes übrig, als da weiterzumachen, wo Bernat bei dem Stimmungsmacher "La Bamba" zwangsweise hatte aufhören müssen. Zumindest verließ mich die Clique nicht, ganz und gar nicht. Sie schnappten sich alle herumstehende leere Flaschen, schlugen mit allen möglichen Utensilien darauf herum und kompensierten mit ihrer lautstarken Begleitung mein dünnes Stimmchen, das im Vergleich zu Bernats durchdringendem Organ recht mager klang. Mein improvisierter Auftritt schien mir ewig zu dauern, aber das Publikum war sowieso halb hinüber und bemerkte im generellen Besäufnis einen Wechsel des Künstlers auf der Bühne kaum.

Endlich tauchte die imposante Silhouette des Troubadours in der Seitentür auf. Sein Haar klebte wirr um sein mächtiges Haupt, das Hemd hing falsch zugeknöpft aus der zerknitterten Hose, und sein Hosenlatz stand offen. Aber er strahlte und sah ausgesprochen begeistert aus. Dicht hinter ihm folgte die Walküre mit zerzauster blonder Mähne, glutroten Wangen und staubigem Kleid mit herunter hängenden Trägern. In jeder Hand baumelte eine Sandale.

Die ungewöhnliche Erscheinung löste bei den männlichen Touristen großes Gelächter, Zurufe und gellende Pfiffe aus. Die weiblichen girrten in den höchsten Tönen und jubelten frenetisch, während wir, die Clique und ich, uns vor Lachen den Bauch halten mussten, als wir das Pärchen mit einem "Noch mal, noch mal, noch mal!" empfingen.

Bernat, halb betäubt von der Begeisterung der Menge, grüßte rundum mit erhobenem rechtem Arm wie ein Torero bei der Ehrenrunde nach einem gelungenen Stierkampf. Ich reichte ihm geistesgegenwärtig seine Gitarre und streckte ihm eine halbvolle Flasche cava vom nächstbesten Tisch entgegen. Nach einem kräftigen Schluck setzte er seelenruhig seine Darbietung mit der neuesten Version des "Borriquito" fort.

So schnell ich konnte, verschwand ich Richtung Sangría-Bottich. Meine Kehle war vom vielen Lachen und Singen, oder besser gesagt vom Schreien im Gitarrentakt, komplett ausgedörrt und meine Stimme war ein einziges Krächzen. Ich schloss die Augen und ließ zum ersten Mal an diesem denkwürdigen Abend das gehaltvolle Getränk in meinen Rachen laufen. Es schmeckte ausgesprochen lecker, war aber ganz gewiss ein gefährliches Gesöff.

Auf einmal spürte ich, wie zwei Hände sanft über meine Brust strichen und weiche Lippen mir zart den Nacken liebkosten. Rosemary hatte sich von der Walküre inspirieren lassen und beschlossen, mich auf ihre Art in die Büsche zu entführen.

Die Sterne flimmerten, der Mond grinste schelmisch, und vom Speisesaal schallte die vertraute Stimme des Troubadours herüber. Er sang "La Paloma" mit einer Hingabe und einer Leidenschaft, als sänge er es nur für uns beide.

Wenn ich heute eine Runde mit meinem kleinen Boot drehe und an den noch unberührten Calas vorbei komme, muss ich an jene intensiv gelebten, unbekümmerten Sommer denken, während die Stimme und die Gitarre des Troubadours vom Meer, den Felsen und den Stränden widerhallen...

María del Mar

Meine Metamorphose vom Kind zum Jugendlichen lag noch nicht lange zurück, als ich mich unsterblich in María del Mar verliebte, einen wunderschönen Engel mit mediterranem Temperament, der mich in seinen Bann zog.

Ich muss zugeben, dass mir dieses himmlische Wesen um einige Jahre „voraus" war, aber da ich – wie seinerzeit wohl auch mein Vater – ein etwas frühreifer Bursche war, verstand ich es, unseren Altersunterschied auf meine Weise auszugleichen und zu verbergen.

Teil meiner Strategie war es dabei, die Jahre, die María del Mar und mich altersmäßig voneinander trennten, einfach völlig zu ignorieren. Die Tatsache, dass ich älter wirkte, als ich war, erwies sich als sehr nützlich bei der Umsetzung meiner Eroberungsstrategie. Aus heutiger Sicht, Jahre nach den Ereignissen, legen diese Ausführungen vielleicht den Gedanken nahe, ich hätte alles genauestens geplant. In Wirklichkeit aber war ich nur so verliebt bis über beide Ohren, dass ich mich auf dem Weg an mein aberwitziges Ziel von keinem Hindernis aufhalten lassen wollte.

Das Erdbeben meiner Gefühle und Träume hatte sein Epizentrum in meinem romantischen und naiven jungen Herzen, und weil in diesem geheimnisvollen Organ mit seinen unerklärlichen Empfindungen nicht ein einziges Gramm „kleiner grauer Zellen" zu finden ist, war es nicht verwunderlich, dass ich vor Verliebtheit nicht mehr klar denken konnte. Unsere erste Begegnung war rein zufällig, nämlich beim jährlichen Volksfest in Cala d´Or. Es fand immer im Hochsommer statt, und einer seiner Höhepunkte war der Tanzabend mit Live-Musik unter freiem Himmel auf einem Tennisplatz, dessen betonierte Fläche durch unbarmherzige Sonnenglut, launische Winde und die außerhalb der Touristensaison bisweilen heftigen Regenfälle ziemlich ramponiert war.

Diese ungewöhnliche Tanzfläche lag zwischen den wunderschönen Buchten Cala Petita und Cala Llonga, ausgedehnten Landwirtschaftsflächen ohne jedes Haus und Pinienwäldern, verwilderten Olivenbäumen und Sträuchern mit winzigen Blättern und schwarzroten Beeren.

Das Herz schlug mir bis zum Hals, als ich mich der himmlischen Sirene näherte. Augenblicklich verlor ich mich in der Tiefe ihrer hinreißenden schwarzen Augen und in den endlos scheinenden Wellen ihres langen, kastanienbraunen Haares. Meine verstohlenen Blicke liebkosten die Schätze ihrer herrlichen Gestalt, ihre Arme, Brüste und Beine, die wie Kunstwerke aus Elfenbein waren. Plötzlich wurde mir klar, dass es mir, wenn ich meine Taktik nicht augenblicklich änderte, niemals gelingen würde, ihre zarten, porzellanweißen Finger und ihre glutroten Lippen zu küssen.

Um sie in den unsichtbaren Käfig meiner Sehnsüchte zu locken, musste ich unbedingt mit ihr zur Musik der Band tanzen, die bei dieser abend-lichen Veranstaltung für Unterhaltung sorgte. Ich beachtete die jugend-lichen „Papagalli" nicht, die jede meiner Bewegungen belauerten wie die Jungstiere den Torero bei einer dörflichen Corrida. Es war nicht zu übersehen, dass sie in ihrer Einfältigkeit die simple Tatsache nicht ver-dauen konnten, dass María del Mar mit einem Auswärtigen beschwingt über die Tanzfläche schwebte und dabei Schrittkombinationen zeigte, die sie noch nie im Leben gesehen hatten.

Sie waren in der Tat nicht nur wie versteinert und völlig perplex, son-dern brachten angesichts dessen, was sie da mit ansehen mussten, auch keinen Ton mehr heraus. Uns so zusammen zu sehen, als harmonisches Tanzpaar, verschlug ihnen einfach die Sprache.

María del Mar ließ sich mit Vergnügen im Rhythmus der Musik von mir über das „Parkett" führen. Sanft legte ich meine rechte Wange an die ihre, bis ich vom Zauber ihres französischen Parfums wie berauscht war.

Bei den letzten Takten eines Stückes von Antonio Machín flüsterte ich ihr die Frage ins glühend heiße Ohr, ob sie am Getränkestand nebenan etwas Kaltes trinken wolle. Es hätte mich nicht überrascht, wenn sie mir statt des ersehnten „Ja" und eines heißen Kusses auf den Mund eine saftige Abfuhr erteilt hätte.

Als ich ihr „Ja" hörte und ihren brennenden Kuss förmlich bis in die Zehenspitzen spürte, fühlte ich mich wie durch Zauberei ins Paradies versetzt.

Während sie ihre Lippen langsam von meinen löste, fragte sie mit ver-führerischer Stimme: „Wie heißt du denn, du einsamer, fahrender Rit-ter?"

Nachdem ich noch kurz zuvor den Triumph über die „Papagalli" aus-gekostet hatte, die sich bemühten, ihre Sprache wiederzufinden, mit der sie – nach gründlichem Training in den Wintermonaten und außerhalb der Saison – im Sommer die Touristinnen mit „Anmachsprüchen und Liebesschwüren" in mehreren Fremdsprachen ohne jeden Skrupel zu bombardieren pflegten, war es jetzt an mir, sprachlos zu sein, wenn auch nur für einige quälende Augenblicke.

Ich hatte mich, so gut ich konnte, seelisch darauf eingestellt, dass sie mich knallhart abblitzen lassen würde, und überhaupt nicht mit einer so opulenten Vorspeise als Vorgeschmack auf die Erfüllung all meiner amourösen Sehnsüchte gerechnet.

Nach mehreren stümperhaften Versuchen, wieder „Herr meiner Sinne" zu werden, gelang es mir schließlich, meine Verwirrung und Überraschung zu verbergen und ihr meinen Vornamen zu nennen. Als Antwort und Belohnung erhielt ich nicht nur ein bezauberndes Lächeln, sondern ganz unerwartet einen zweiten glühenden Kuss, so dass ich augenblicklich wie versteinert war.

Während wir tranken, fand ich heraus, dass die „Papagalli" von María del Mar nicht nur wegen ihrer körperlichen Reize so angetan waren, sondern auch, weil sie die einzige Tochter begüterter Eltern war. Ihr Vater, ein hoher Offizier, besaß Ländereien auf Mallorca, und ihre Mutter war eine angesehene Gräfin. Ich schloss daraus sofort, dass diese jungen Kerle, die uns immer noch verstohlen beobachteten, von den enormen Reichtümern und den vorteilhaften Beziehungen träumten, an denen sie teilhaben zu können glaubten, wenn sie das Mädchen heirateten, das an diesem unvergesslichen Abend meine Herzenskönigin geworden war.

Wie die Dinge lagen, konnten sie meiner Meinung nach schon mal anfangen, ihre sorgsam geschmiedeten Pläne hinsichtlich meiner Angebeteten für immer zu vergessen. Diese erwies sich nämlich als entzückender Quell betörender und großartiger Überraschungen. Ganz unvermittelt fasste sie mich an den Händen und zog mich eilig vom Festplatz fort zu einer Moto Guzzi, die gegen einen malerischen, Jahrhunderte alten Olivenbaum gelehnt war.

Mit einem kräftigen Tritt auf den Kickstarter erweckte sie die Maschine zum Leben. Ohne ein Wort aus ihrem sinnlichen Mund bedeutete sie mir, hinter ihr aufzusteigen, und steuerte die Maschine zügig und kommentarlos auf den staubigen Weg, der bergab zur zauberhaft schönen und legendären Cala Llonga führte. Kurz darauf bog sie auf den steinigen Schmugglerpfad ab, der kurvenreich und holprig zwischen hohen

Binsen, riesigen Bambusgräsern und anderen exotischen Pflanzen, die wie Versatzstücke aus einem surrealistischen Gemälde wirkten, schwindelerregend am Rand der fjordähnlichen Bucht entlang führte, und wich allen Hindernissen mit meisterlicher Geschicklichkeit aus.

Ich hatte meine Arme um ihre Taille geschlungen und klebte wie eine Klette an ihr, und als ich zurückblickte, sah ich in der Ferne die Scheinwerfer der Motorräder, mit denen die „Papagalli" die Verfolgung aufgenommen hatten. In diesem Moment wirkten sie auf mich wie eine Schar verirrter und in der Fremde lauernden Fährnissen ausgelieferter „apokalyptischer Reiter". Der Vollmond zwinkerte uns frivol zu, und María del Mar nahm nun das schwierigste Stück des Schmugglerpfades unter die Räder, das wir immer den „Kamikaze-Weg" nannten und das

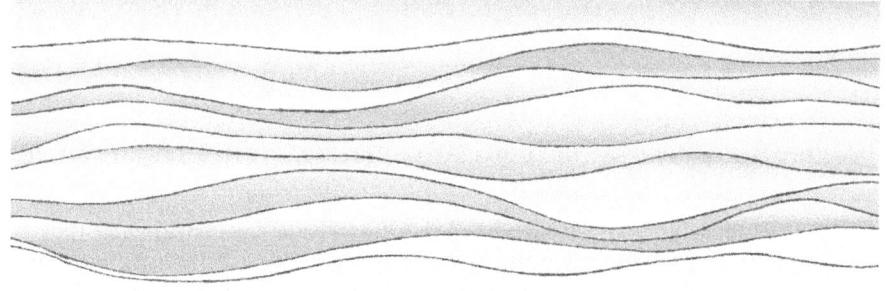

am einsamen Strand der Cala Egos endete.

Nach alter „Schmugglertradition" schaltete meine „fliegende Sirene" den Scheinwerfer ihres Motorrads aus und setzte die Fahrt über Stock und Stein und zwischen Gestrüpp, Pinien und Felsen im freundlichen Schein des Vollmonds fort.

Ich kannte diesen Weg natürlich, hatte ich doch meinen Freund Jeroni in so mancher mondlosen Nacht begleitet, um Kisten und Säcke mit schottischem Whisky, amerikanischen Zigaretten, kolumbianischem Kaffee oder Ähnlichem an Land zu bringen. Aber noch nie war ich auf einem Motorrad dort entlang gefahren, und schon gar nicht festgeklammert an den verführerischen Kurven eines mediterranen Engels.

Die immer aus zwei Mann bestehenden Streifen der Guardia Civil suchten Plätze wie diesen nur bei Tageslicht auf, aber nicht ohne zuvor im benachbarten Porto Petro ausgiebig gespeist zu haben.

Auf ihren Streifengängen gelang es den Ordnungshütern nie, auch nur einen einzigen Schmuggler dingfest machen, denn die waren am Tage damit beschäftigt, auf den Hafenmolen ihre Netze zu flicken oder vor der Nase der Guardia Civil wenige Meter vom Ufer entfernt zu „fischen". Nachdem María del Mar den Scheinwerfer ausgeschaltet hatte, waren die „apokalyptischen Reiter" noch verwirrter und gaben die Verfolgung schließlich auf. Im Schneckentempo traten sie den Rückweg nach Cala d´Or an.

Als wir den goldgelben Sandstrand der Cala Egos erreichten, über dem der herrlich silberne Mond stand, verlor María del Mar nicht eine wertvolle Sekunde mehr. Sie ließ die Moto Guzzi einfach in den Sand kippen und umarmte mich temperamentvoll und leidenschaftlich, und der Vollmond erlebte als „Zuschauer in der ersten Reihe" eine unerwartete und heiße „Spätvorstellung"...

Die Grille

Wieder einmal beendete ich die letzte Stammtischrunde in der Kneipe gegenüber, mit dem behäbigen Wirt, dem ehrwürdigen Nachtwächter, einem angesagten Stierkämpfer samt Helfer, den üblichen Müllmännern und einer Handvoll junger Schnösel, die sich – zwischen einem Glas und dem nächsten – "Politiker des Wechsels" nannten.

Oben in meiner Wohnung kitzelten mich gleich die ersten vorwitzigen Strahlen der gerade aufgehenden Sonne durch die Ritzen der Jalousien, wie immer um diese Stunde. Die schrillen Rufe der lange schon ausschwärmenden Schwalben begleiteten das Morgenerwachen.

In meinem Zimmer verfolgte mich die Sonne spitzbübisch mit ihrem Blinzeln und erinnerte mich daran, dass auf Kissen und Laken noch Träume und Düfte verharrten, von etwas, das war und von etwas, das nie sein konnte. Die Rollläden ganz hochziehend, verabschiedete ich mich von ihrem frühen Besuch mit einem "bis zum nächsten Mal" auf den Lippen.

In der Küche, einem wahren Schlachtfeld aus Töpfen, Pfannen, Gläsern, Besteck und Flaschen – ich nannte es ein Stillleben des "Gestern" oder des "Vorgestern" –, trank ich meine letzte Tasse Kaffee.

Die alte Kaffeemaschine, treue Begleiterin durchgemachter Nächte und morgendlicher Durchhänger, hörte nicht auf zu seufzen, bis ich ihr die letzten drei blassen Tropfen abgerungen hatte.

Die Gangway zum Flieger nahm ich gleich zwei Stufen auf einmal, schloss die Augen auf dem Sitz und entfloh dem Lärm der Hauptstadt und den mit Ach und Krach bestandenen Prüfungen in der Schule. Es erwartete mich eine einsame Finca in den Mallorquiner Bergen, weit, sehr weit weg von da, wo ich gewesen war.

Eigentlich wollte ich mich nur ausruhen, schreiben, malen, mit dem Lauf der Sterne meditieren und in der friedvollen Landschaft zur Ruhe kommen. Aber nach einer geschlagenen Woche hatte ich nachts fast kein Auge zubekommen. Meine nachmittäglichen Siestas mussten verlängert werden.

Denn immer wenn es dunkel wurde, begann ein eigensinniger Grillenmann mit seinen durchdringenden Liebes-Serenaden genau vor meinem Fenster und hörte bis lange nach Sonnenaufgang am nächsten Morgen nicht damit auf. Die stattliche Palme vor meinem Schlafzimmerfenster hatte er als Muezzin zu seinem Minarett erkoren.

Bei Tagesanbruch vermischten sich seine Strophen zu allem Übel noch mit den frenetischen Gesängen einer Amsel. Und während andere Grillen sofort verstummen, wenn man ihnen näher kommt, machte dieser aufdringliche Kerl einfach weiter mit seinem Lärm, ohne einen zu beachten.

Bewaffnet mit Taschenlampe und Gießkanne ging ich auf die Jagd nach dem Dieb meiner Träume, aber es gelang mir nicht, ihn zu orten. Ich fügte mich in mein Schicksal, auch in Anbetracht der Tatsache, dass weder zehn Kübel eiskaltes Wasser noch der Inhalt des ganzen Schwimmbeckens ihn hätten ruhig stellen können. Es blieb mir also viele Nächte lang nichts anderes übrig, als seinem gesamten Repertoire zuzuhören. Mit der Zeit unterschied ich, zwangsläufig, zarte Änderungen in Rhythmus und Tonlage und konnte in den Klangpausen dem Ausrichten und Putzen seiner Deckflügel lauschen. Trotzdem verlor sein Gefiedel für mich nicht den Geschmack von saurem Wein und erinnerte mich lebhaft an das schrille Kreischen und Ächzen von Messern, die funkenstiebend auf dem Schwungrad eines fahrenden Messerschleifers entlang schrammen. Aber nichts anderes zerschnitt die Luft wie die durchdringenden Töne dieser einzelnen Grille.

Die Ohren stopfte ich mir mit Unmengen Watte zu, den Kopf begrub ich unter dem Kopfkissen, seine gri-gri-Laute zählte ich statt Schafe, nichts half: unerbittlich durchdrangen seine Arien mein Trommelfell. Verzweifelt hängte ich unzählige Dosen, leere Flaschen und sonstiges Krach machendes Gerät in die Palme, mit dem Erfolg, dass all das Zeug in der nächtens aufkommenden Brise eine dissonante Klangorgie veranstaltete, die sogar ein Gespenst in die Flucht geschlagen hätte. Der Grillenmann, inspiriert und angefeuert von solch unerwarteter Begleitung, steigerte seinen Gesang jedoch zu einem aberwitzigen Fortissimo. Geschlossene Fenster bei heißen Julitemperaturen hätten nur meinen Erstickungstod zur Folge gehabt. Es gab damals auch in diesen Breiten noch keine Klimaanlagen, und das Schlafen in der Badewanne oder im angrenzenden Geräteschuppen inmitten der Hühner schien mir eher unbequem.

Es blieb mir nichts anderes übrig, als mich bedingungslos zu ergeben. Im Morgengrauen warf ich mein improvisiertes Perpetuum Mobile in die hinterste Ecke der Garage. Es bestand kein Zweifel, mein geliebter

– und gehasster – Grillenmann war Solist und Anführer in der Runde der anderen Chormitglieder in den Büschen und Hecken.

Mein Notfall-Schlafmittel in Form einer Flasche Rotwein hatte ich bereits griffbereit am Bett postiert, als ich gewahr wurde, dass der Grillenmann stumm verharrte. Erleichtert dachte ich, dass er vielleicht einen Krampf in den Flügeln oder endlich die Partnerin seiner Sehnsüchte gefunden hatte. Ich sah sie schon zu zweit über meinem Kopf schwirren, allerlei Kapriolen und Flugkünste vollführend.

Diese Nacht wollte ich lieber in meiner Hängematte verbringen, die zwischen zwei mächtigen Olivenbäumen aufgeknüpft war und wo tagsüber Dutzende von Zikaden ihre Konzertauftritte probten. Dort hoffte ich, meine Träume beim Betrachten von Myriaden funkelnder Sterne und vorbeihuschender Sternschnuppen zu finden. Unterwegs in den Galaxien fiel mir plötzlich ein, dass im Schuppen nebenan ein verrosteter, seit vielen Jahren in Vergessenheit geratener Citroen   2 CV vor sich hin träumte. Ein französischer Freund hatte ihn nach einer ausschweifenden Feier einfach da gelassen. Jetzt, voller Staub und Erinnerungen, rang mir dieser Blechkasten auf vier Rädern ein Lächeln ab. Allein der Name für so ein Auto hat mich schon immer amüsiert: diese Bezeichnung für eine rollende Wellblechschaukel konnte auch bloß den megalomanen Franzosen einfallen! Denn Rocinante, sogar mit Don Quijote im Sattel, hätte sich diesen "Deux Cheveaux" bei einem Wettrennen schon bei der ersten Steigung mit Leichtigkeit geschnappt.

Jedes Mal, wenn so ein vom Aussterben bedrohtes Vehikel meine Wege kreuzt, muss ich an Grillen denken: Vor Jahren, als mein Vater das erste Mal sah, wie ein solches Gefährt hüpfend und springend durch Schlaglöcher manövrierte, taufte er diese Karikatur auf Rädern "Grillenkäfig". Von Grillen und grünen "Döschwos" träumend konnte ich endlich einschlafen.

Am nächsten Tag, bei meiner morgendlichen ersten Runde im Schwimmbad, entdeckte ich eine verzweifelt im Kreis strampelnde Grille auf der Wasseroberfläche. Ihr seltsames Gebaren war auf das Fehlen eines ihrer Deckflügel zurückzuführen. Ich hob den Mitleid erregenden Schiffbrüchigen kurzerhand aus dem Wasser und setzte ihn zwischen die Mittagsblumen am Fuß der großen Palme.

Als mich aber mitten in der folgenden Nacht der Grillenmann meiner Alpträume wieder mit seinen gewagten Sonaten weckte, war ich schlichtweg baff. Ich musste ihn finden, sonst würden mir meine Nerven endgültig den Dienst versagen! Noch größer war meine Überraschung, als ich ihn regungslos im Blumenbeet fand und erkannte, dass es der Einflügelige war. Ich stellte mir lieber nicht vor, welchen Spektakel dieses Tierchen im Vollbesitz seiner Extremitäten gemacht hätte.

Ich nahm ihn vorsichtig hoch und setzte ihn auf einen Zweig in den Büschen, wo der Chor seiner Artgenossen schon saß und fleißig übte. Dort fand er wohl seine Dulcinea, denn er hat mich mit seinen nächtlichen Serenaden nie mehr an den Rand des Nervenzusammenbruchs getrieben.

Der Krake

Bevor ich zum ersten Mal einen Fuß auf mallorquinischen Boden – genauer gesagt auf die Felsen an der Ostküste der Insel – setzte, hatte ich noch nie einen Kraken im Ganzen gesehen. Alles, was mir von diesen Tieren bis dahin unter die neugierigen Augen gekommen war, waren ihre in Stücke geschnittenen und gekochten Fangarme, die ich in Madrider Kneipen in Schüsseln und Schalen angerichtet sah, wenn ich meinen Vater auf seinen sonntäglichen Tapas-Touren begleitete. Dabei versäumte ich nie die Gelegenheit, auf die Schnelle das eine oder andere Stück Pulpo a Feira oder gekochten Octopus in einer pikanten Sauce von undefinierbarer Farbe zu vertilgen.

Natürlich hatte ich auf Bildern schon Kraken gesehen, und auch bei meinen Sammelbildchen zum Thema Meeresfauna fehlte der faszinierende achtarmige Bursche nicht.

Bei der Ankunft auf der Insel war ich also sehr gespannt darauf, einem „echten" Kraken in freier Wildbahn zu begegnen.

Im Röhricht der legendären Cala Llonga schnitt ich ein Schilfrohr ab, aus dem ich meine erste Angelrute machte, und benutzte meinen Schmetterlingskescher, um „Gambas zu machen", wie die Inselbewohner sagen, wenn sie die kleinen Krebstiere fangen, um sie als Köder zu verwenden.

Ganz früh am nächsten Morgen machte ich mich mit Angelrute, Angelschnur, Korkschwimmer, Haken und einer Handvoll Garnelen aufgeregt auf den Weg zur Punta Grossa. Dort hockte ich mich nah am Wasser zwischen die Felsen und warf meinen Haken voller Hoffung und Erwartung in das smaragdgrüne Wasser, in dem undurchsichtige Algenfelder zu erkennen waren.

Nach einer Weile verschwand der Schwimmer von der Oberfläche, während die Angelrute einem plötzlichen Ruck nachgab. Wie hypnotisiert beobachtete ich, wie sich die Rute bog und der Kork in der Tiefe verschwand. Als ich an der Angel zerrte, kam der Schwimmer wieder an die Oberfläche, und darunter erschien ein leerer Haken. Ich weiß nicht mehr, wie oft ich den Haken mit einer Garnele bestückte, bis mir ein unerwarteter Ruck die Angelrute beinahe aus den Händen gerissen hätte. Dieses Mal berührte die Spitze fast die Wasseroberfläche, weshalb ich das lange Schilfrohr mit aller Kraft hochriss. Der so von beiden

Seiten ausgeübte Zug ließ das Rohr brechen, und das obere Ende mitsamt Angelschnur, Schwimmer, Haken und Köder verschwand in der Tiefe. Ich hatte mich noch nicht ganz von meinem Schreck erholt, als das Stück Schilfrohr mit Schnur, Schwimmer und Haken wieder an der Oberfläche auftauchte. Der Köder war allerdings auch dieses Mal wieder weg.

Kurz entschlossen zog ich mich aus und sprang ins Wasser, um die kümmerlichen Reste meiner improvisierten Ausrüstung zu retten. Ich war sicher, dass sich dort unten zwischen den Felsen der Punta Grossa ein ganz ungewöhnliches Meereswesen verborgen hielt, das nicht nur sehr stark, sondern auch so intelligent war, dass es sich des Köders zu bemächtigen wusste, ohne den Haken zu berühren.

Noch am selben Tag schnitt ich in der Cala Llonga die beiden dicksten und kräftigsten Schilfrohre ab, die ich finden konnte, und band sie von unten bis oben mit einer dicken Schnur zusammen. An den Schwimmer hängte ich noch eine zweite Angelschnur mit Köder.

Am nächsten Morgen machte ich mich wieder auf den beschwerlichen Weg zur Punta Grossa und postierte mich mit meiner Doppelangel zwischen den Felsen. Schon nach kurzer Zeit bogen sich die Rohre, aber statt wieder heftig daran zu reißen, wartete ich diesmal eine gefühlte Ewigkeit und zog dann langsam die Angelschnüre hoch, an denen etwas ziemlich Schweres zu hängen schien. Der Schwimmer befand sich schon mehrere Handbreit über dem Wasser, als ich, einen Schatten unter der Wasseroberfläche bemerkend, die Angel kräftig hochriss. Zum Vorschein kam ein phantastischer Krake, dessen Arme sich in den Angelschnüren und Haken verheddert hatten. Durch den heftigen Ruck wurde er auf die Felsen geschleudert. Ich stand völlig baff daneben und sah zu, wie er sich gleich einem Entfesselungskünstler in aller Ruhe der Schnüre und Haken entledigte und, als er wieder frei war, elegant über die scharfkantigen Felsen glitt und geräuschlos im Wasser verschwand. Dieses intelligente Meerestier nötigte mir so viel Respekt ab, dass Kraken seit jenem Tag für mich viel mehr als nur etwas Essbares sind.

Im August trafen die ersten Feriengäste aus Madrid ein, darunter auch einige meiner Freunde aus der Hauptstadt, die mit ihren gut situierten Eltern den ganzen Monat in diesem friedlichen Inselparadies verbringen wollten.

Carlos, Cisco, Juanjo, Tere, Lupe und Conchita waren, wie es sich für gute Madrider gehörte, noch nie kopfüber ins Meer gesprungen, sondern hatten immer nur in ihren privaten Swimmingpools herumgeplanscht. Sie konnten nicht schwimmen, und vor allem die Mädchen hatten eine den Kastiliern angeborene Abneigung gegen das Meer, weil es ihrer Meinung nach „darin von Viechern wimmelt, die stechen und beißen", obwohl sie noch nie eines dieser „Viecher" gesehen hatten.

Es dauerte einige Tage, bevor sie sich – erst nur bis zu den Knöcheln, dann bis zu den Oberschenkeln und dem Bauch und schließlich bis zu den Schultern – in dieses herrliche Wasser wagten, ohne sich aber auch nur eine Sekunde von ihren Schwimmreifen aus Gummi zu trennen. Ich versuchte ihnen das Schwimmen beizubringen, insbesondere den Mädchen, die ich gemäß dem zwischen uns üblichen Madrider Jargon scherzhaft „die drei Grazien der Venus" nannte. Meine Bemühungen, ihnen die offensichtliche Angst vor dem Meer zu nehmen, schlugen allerdings fehl. Am mutigsten war Conchita, vielleicht um ihrem aus der Meeresfauna entlehnten Vornamen, der auf Deutsch „Müschelchen" bedeutet, Ehre zu machen. Sie schaffte es wenigstens, den Schwimmreifen mit einer Hand loszulassen und sich mit der anderen wie eine Klette an meinem Hals festzuklammern. Nicht genug damit, dass sie mich auf diese Weise fast erdrosselte, traf sie – wie ein Hund paddelnd – auch noch meine empfindlichsten Teile und nahm mir damit nicht nur vollends den Atem, sondern auch jede Lust, den Schwimmunterricht fortzusetzen.

Um zu verhindern, dass sie den lieben langen Tag nur an der Cala Gran Ball spielten und nicht weiter als bis zu den Knöcheln ins Wasser gingen, schlug ich vor, zu Fuß einen Ausflug zu ein paar unerforschten Buchten zu machen, wie es die Cala Esmeralda, die Cala Ferrera und die Cala Serena damals noch waren. Meine Freunde waren ganz wild auf Abenteuer und sofort einverstanden. Sie füllten Körbe mit belegten Brötchen, Obst und allen möglichen durch Eisstücke kühl gehaltenen Getränken, was dort in der damaligen Zeit ein außerordentlicher Luxus war. Auch große Sonnenschirme, Liegematten, bunte Handtücher, Bälle und sogar Pingpongschläger nahmen sie mit.

Unterwegs wurde mir schnell klar, dass meine Freunde daran gewöhnt waren, in maßgefertigten Schuhen über die gepflegten Gehsteige des Madrider Stadtteils Salamanca zu flanieren, aber nicht daran, in gerade erst gekauften mallorquinischen Alpargatas auf schmalen, staubigen und steinigen Pfaden durch die Landschaft zu marschieren. Zudem hatten sie mit den reichlichen Speisen- und Getränkevorräten und all den anderen Dingen zu kämpfen, die sie mitschleppten. Mir blieb nichts anderes übrig, als langsamer zu gehen und alle paar Meter im Schatten einer Kiefer Halt zu machen, damit meine Madrider wieder zu Atem kommen und ein paar Schlückchen von ihrem Erfrischungsgetränk mit einem Schuss Wodka – einem in jenem Sommer in ihrem Stadtviertel in Mode gekommenen Getränk – trinken konnten.

Schließlich erreichten wir die Cala Esmeralda, die erste – und wider Erwarten auch letzte – Etappe unseres denkwürdigen Ausflugs.

Erschöpft und verschwitzt ließen sie sich in das kristallklare, erfrischende Wasser fallen. Mit dem Wasser bis zum Hals schienen die sechs jungen Leute in der Bucht Wurzeln geschlagen zu haben. Ich habe sie später nie mehr so entspannt so weit im Wasser erlebt. Ihnen war nämlich völlig entgangen, dass der Grund der Bucht weitgehend mit Steinen bedeckt war, unter und zwischen denen alle möglichen Meeresbewohner hausten, darunter nicht wenige Kraken. Nachdem wir schon eine ganze Weile die nur vom Flüstern der sanft auf dem Strand auslaufenden Wellen unterbrochene Ruhe genossen hatten, rief die pummelige Tere plötzlich: „Cisco, lass mich los, ich kann doch auch nicht schwimmen". Aber Cisco dümpelte wie eine Boje mehrere Meter hinter dem Mädchen mit ausgebreiteten Armen auf dem Wasser und schaute nur verdutzt. Es war nämlich nicht seine Hand, die sich an Teres Rücken zu schaffen machte, sondern ein neugieriger und einige Handbreit großer Polyp, der jetzt hinter ihrem Nacken auftauchte. Lupe und Conchita schrieen vor Entsetzen wie aus einem Mund: „Ein Krake, ein Krake!". Alle mit Ausnahme des Opfers, das die Situation noch gar nicht erkannt hatte, flüchteten aus dem Wasser, während ich Mühe hatte, nicht laut loszulachen. Ich tat ganz harmlos und forderte Tere auf, nach hinten zu schauen, was sie auch ahnungslos und ohne zu zögern tat. Der Octopus hielt sich mittlerweile an ihrer rechten Schulter fest. Angesichts eines so entsetzlichen Anblicks war die Ärmste wie gelähmt und begann wortlos zu sinken wie die Titanic, mit dem Bug – oder in diesem Fall besser gesagt Kopf – voran. Ich hielt den Kopf der Ohnmächtigen über Wasser, lud sie mir auf den Rücken und schleppte sie an den Strand. Der Krake war wohl nicht minder erschrocken, schoss wie ein Pfeil ins Wasser und machte sich Richtung Felsen davon. Meine Freunde, denen der Schreck die Sprache verschlagen hatte, ließen die Wodkaflasche „kreisen", diesmal allerdings ohne Erfrischungsgetränk, während Tere allmählich wieder zu sich kam, was sie akustisch mit dem Ausruf kundtat: „Nimm mir den Kraken da weg, der frisst mich!". Kaum war sie wieder auf den Beinen, traten die sechs Madrider die Flucht an, so als befänden sie sich beim Stiertreiben von Pamplona, und ließen mich mit ihrer gesamten

Ausrüstung – ausgenommen die Wodkaflasche – an dem nun wieder einsamen Strand zurück. Ich stopfte mir den Magen mit belegten Brötchen voll und versorgte auch die Fische, Kraken und Muränen der Cala Esmeralda mit Brot, Schinken, Käse und Sobrasada .

Wenn die Madrider in Cala d´Or und später im Stadtteil Salamanca von diesem Erlebnis erzählten, nahm der neugierige Octopus die Ausmaße eines abscheulichen Seeungeheuers an. Ja, mehr noch: wenn sie nicht mit vereinten Kräften so tapfer gekämpft hätten, um Tere aus der Gewalt des riesigen Kraken zu befreien, hätte er sie gewiss für immer und ewig auf den Grund des Mare Nostrum verschleppt...

All Inclusive

Tourismus auf Mallorca war
früher ganz anders, das ist klar.
Der Reise-Boom liegt ziemlich weit
zurück in der Vergangenheit,
als der Touristen große Schar
noch ungemein spendabel war.
Die Gäste mit dem vielen Geld
sind heut´ woanders auf der Welt.

Als der Euro auf die Insel gekommen,
hat man die Gäste dreist ausgenommen,
und – welch Betrug – ihnen schamlos erklärt,
ein Euro sei nur hundert Pesetas wert.

Der Urlauber achtete auf seiner Reise
fortan sehr kritisch auf die Preise,
die war´n über Nacht geradezu explodiert,
worauf, wie wir wissen, der Gast indigniert
Mallorca vergaß und das Weite suchte
und andere Ferienziele buchte.

Der Tourist reist in Urlaub aus freien Stücken,
will sich entspannen und vom Alltag entrücken,
er sucht die Sonne, das Meer und den Strand
mit Vergnügen und Erholung im engen Verband,
will vielleicht auch entdecken das fremde Land;
und für die Kosten seiner Reise
nimmt er „Erspartes" üblicherweise.

Die Touristen von heute sind ziemlich „blank",
haben kaum einen Euro auf der Bank.
Die „guten Gäste" mit reichlich Geld
räumten ´ner neuen Spezies das Feld,
die mit viel Lärm und wenig Kies
zum All Inclusive-Angriff blies.

Groß ist der Drang, pauschal zu reisen,
mit Kost und Logis zu kleinen Preisen.
Man muss es ertragen, wie es ist,
denn König ist der All Inclusive-Tourist.
Er erobert allmählich die ganze Welt,
reist überall hin und bringt wenig Geld.

Speis´ und Trank im Hotel, so viel wie er mag,
also bedient er sich maßlos jeden Tag.
Gleich nach dem Frühstück die Bar besetzen
und die Kehle ausdauernd und kräftig netzen,
am späten Vormittag schon sternhagelvoll,
manch All Inclusive-Gast findet das toll.

Der Gast hat keine Extrakosten,
beschwert sich aber vehement:
Der Cognac muss französisch sein,
Whisky ist nur aus Schottland fein,
Rum will aus Tobago er nur kosten,
obwohl er nichts von all dem kennt.

Weil alles schon „im Reisepreis",
vom Sekt bis hin zum Speiseeis,
sind viele Ober ziemlich sauer,
ihnen fehlt´s Trinkgeld auf die Dauer.
Es gibt Gerüchte, die besagen,
dass manchmal sogar Gäste fragen,
ob auch die hübsche Kellnerin
im All Inclusive-Preis ist drin.

Wenn sie sich auswärts amüsieren
und dabei etwas konsumieren,
darf´s nur ein Wasser sein für drei,
ein Hamburger in Scheiben noch dabei,
vielleicht auch ein paar Chips to go,
das reicht für Stunden oder so.

Gespart wird selbst bei Ansichtskarten,
wo sie drei zum Preis von einer erwarten,
die sollen, man glaubt es kaum, obendrein
auch noch voll „recyclebar" sein.

Der Souvenirhändler gleich um die Ecke
bleibt heutzutage auf der Strecke.
Er senkt die Preise praktisch täglich,
trotzdem ist sein Gewinn nur kläglich.
Dreimal dreht der Tourist jeden Cent,
eh´ er sich unwillig von ihm trennt.

Wenn ich könnte, so brächte ich kurzerhand,
das All Inclusive zurück in das Land,
das sich nicht genierte
und diesen Unsinn kreierte;
und fragt jemand, welches Land das denn sei,
ist die Antwort ganz einfach:...
die Türkei.

Frohe Weihnachten

Vor vielen Jahren, als die Flugzeuge, die in Palma de Mallorca landeten, noch Propeller hatten, die Bikinis an den Stränden als skandalös empfunden wurden und für Aufruhr sorgten, ein „echter" Cuba libre fünfzehn Peseten kostete und ein SEAT 600 mit Faltdach das automobile Nonplusultra war, lud ich eine Handvoll Freunde, die über die ganze Welt verstreut lebten, zu Weihnachten auf die Insel ein.

George und Rose, ein Pärchen, das mich an den athletischen Popeye und seine spindeldürre Freundin Olivia erinnerte, kamen aus London; Eduardo und Gisela, zwei echte Party-Freaks, aus Düsseldorf; John und Peter, zwei schöngeistige und überzeugte Vegetarier, aus New York, und Wilfrido, der Fachmann für gescheiterte Liebesbeziehungen, aus Zürich.

Wir verabredeten uns für den Vormittag des Weihnachtstages am Flughafen Son Sant Joan, wo ich schon vorher drei SEAT 600 mit Dachgepäckträger anmietete.

Als erste – übrigens mehrere Stunden vor der vereinbarten Zeit – trafen John und Peter ein, die noch nie zuvor auf Mallorca gewesen waren. Die Reise nach Spanien, das in der Franco-Ära als nicht gerade sehr schwulenfreundlich bekannt war, hatte sie so nervös gemacht, dass sie beim Umsteigen in Madrid irrtümlich in die erste Maschine stiegen, die am Morgen in Richtung Mallorca startete, eine DC-3 mit dem Beinamen „Zeitungsbomber". Sie warteten in der Flughafen-Bar auf mich und empfingen mich mit einem lautstarken „Bon Nadal" , den ersten Wörtern auf Mallorquinisch, die sie vom leutseligen Kellner gelernt hatten. Sie waren schon etwas angesäuselt, hatte doch jeder von ihnen bereits eine größere Zahl Cava -Pikkolos geleert.

Als nächste landeten Eduardo und Gisela. Sie kannten den Weg in die Bar auswendig, denn sie hatten die Angewohnheit, dort ausgiebig „ihre Nerven zu beruhigen und den Flugstress abzubauen".

Kurz danach traf Wilfrido ein, blass und übernächtigt. Nach seinem Aussehen zu urteilen, brauchte er wirklich dringend eine flüssige Stärkung.

Wie nicht anders zu erwarten, kamen George und Rose wegen des Londoner Nebels mit Verspätung an. Ihre Gesichter waren gerötet, aber nicht etwa vom spärlichen englischen Sonnenschein, sondern von den

Drinks, die sie sich gegen ihre Flugangst genehmigt hatten. Das Wiedersehen in der Bar wurde schnell zum kollektiven und multinationalen Freudenfest. Ich war etwas beunruhigt, weil wir noch gut sechzig Kilometer bis Felanitx vor uns hatten, wo Tiá in seinem gemütlichen mallorquinischen Restaurant mit einem opulenten Weihnachtsessen auf uns wartete.

Während der Fahrt waren alle bester Laune, und John und Peter hielten immer wieder an, um voller Begeisterung Schafe, Ziegen, Hühner und die schwarzen mallorquinischen Schweine zu fotografieren, die in der freien Natur herumliefen. Für die New Yorker war es ein echtes Erlebnis, diese Tiere leibhaftig sehen zu können. George fuhr wie in England, also links, und ich, der ich erst kurze Zeit im Besitz des Führerscheins war, führte die kleine Kolonne als „Reiseleiter" und vollkommen nüchtern an.

Eduardo und Gisela bestanden darauf, in jedem Dorf „nachzutanken". Diese technischen Stopps ließen das Stimmungsbarometer immer weiter steigen, und sogar Wilfrido wurde immer heiterer und wollte sich über die schlüpfrigen Witze, die George unablässig zum Besten gab, schier totlachen.

Mit einigen Stunden Verspätung trafen wir schließlich im Restaurant Ca´n Tiá ein. Der Wirt und seine Frau hatten ein sensationelles Buffet mit regionalen Spezialitäten vorbereitet, die so köstlich waren, dass John und Peter ihre vegetarischen Überzeugungen ganz schnell vergaßen.

Nach mehreren Gängen fiel mir auf, dass Wilfrido vom Tisch verschwunden war. Ich fand ihn im WC, wo er mit dem Kopf im Toilettenbecken hing. Ich dachte, er sei nach dem reichlich genossenen Cava und Wein eingeschlafen, aber er war bewusstlos und hatte fast keinen Puls mehr. Da er keine Reaktion zeigte und völlig regungslos war, brachte ich ihn auf direktem Weg nach Palma ins Krankenhaus, wo die Ärzte einen Schwächeanfall diagnostizierten.

Im Morgengrauen kam ich fix und fertig bei meinem Haus in Cala d´Or an. Als ich keinen SEAT 600 vor der Tür stehen sah, packte mich blankes Entsetzen. An der Eingangstür erwartete mich Rose, bleich und zitternd. Fast flüsternd, als handle es sich um eine streng geheime Angelegenheit, erzählte sie, dass George nach der Abfahrt vom Restaurant falsch abgebogen und mit einem Streifenwagen kollidiert war. Ich glaube eher, dass George wie gewohnt links fuhr. Den SEAT 600 hatte die Polizei sichergestellt, und weil George nicht in der Lage war, irgendeine Aussage zu machen, sollten wir an diesem Vormittag noch einmal in der Polizeidienststelle in Felanitx erscheinen. Rose betonte, die Polizisten seien sehr nett gewesen und hätten sie beide sowie John und Peter bis zum Haus begleitet.

Eduardo und Gisela waren spurlos verschwunden und zum letzten Mal gesehen worden, als sie vom Restaurant wegfuhren. Das wunderte mich überhaupt nicht, denn mit Eduardo am Steuer und Gisela als Beifahrerin waren völliger Orientierungsverlust und die sich daraus ergebende Odyssee vorprogrammiert. Wahrscheinlich fuhren sie noch immer kreuz und quer durch die Gegend, solange das Benzin reichte. George schnarchte inzwischen wie ein Walross, während John und Peter wie zwei Engelchen schliefen. Und ich hatte „den ganzen Mist am Hals". Frohe Weihnachten!

Die Polizeibeamten in der Dienststelle waren ausgesprochen freundlich. Sie verpassten George keine Geldbuße, obwohl eine Seite des nagelneuen Streifenwagens der Stadtpolizei völlig zerknautscht war, während der SEAT 600 keinen Kratzer abbekommen hatte. Zum Abschied rieten sie George, als guter Engländer in Zukunft doch lieber Tee zu trinken, wie das ja in seiner Heimat üblich sei.

Als ich am Nachmittag mit Wilfrido – er hatte von der ganzen Aufregung natürlich gar nichts mitbekommen und im Krankenhaus die ganze Zeit mit den Schwestern geschäkert und geflirtet – aus der Klinik nach Hause kam, bereiteten uns John, Peter, George, Rose und die wieder aufgetauchten Eduardo und Gisela am Tor einen herzlichen Empfang. In Ermangelung von Kerzen und um die weihnachtliche Stimmung auf ihre Weise zu unterstreichen, hatten sie die mitten im Garten stehende Kiefer mit Flaschen aller möglichen Marken geschmückt. „Frohe Weihnachten"...

Der Wassereinbruch

Es war der letzte Tag meines Sommerurlaubs, den ich ganz entspannt in einem behaglichen, einsamen Landhaus in den Bergen an der mallorquinischen Ostküste verbracht hatte. Das Haus war über einen schmalen, steinigen und staubigen Feldweg zu erreichen, der nur von wilden Kaninchen und – während der Mandel-, Feigen- und Johannisbroternte – dem einen oder anderen Bauern mit seinem Esel benutzt wurde.

Das nächste Dorf lag einige Kilometer oberhalb in den Bergen, und wenn ich dort hin wollte, legte ich den Weg auf meinem klapprigen Fahrrad zurück. Dieses Dörfchen hieß Es Carritxó, bestand lediglich aus einem Wirtshaus, einer Kirche und ein paar aneinander gebauten Häusern und war vielleicht das kleinste Dorf Mallorcas. Mir gefiel es dort besonders gut, denn mit Kneipe und Kirche war für das leibliche und seelische Wohlbefinden gleichermaßen gesorgt.

Wie üblich genehmigte ich mir zum Abschied am Abend des letzten Urlaubstages zusammen mit meinen Freunden aus der Umgebung für die wenigen mir verbliebenen Peseten ein paar „pambolis" mit Schinken und Käse und trank dazu Rotwein aus der legendären Winzergenossenschaft von Felanitx. Das war meine Art, meine Niedergeschlagenheit wegen des bevorstehenden Urlaubsendes ein wenig zu verdrängen und mich auf die tägliche Routine und Arbeit einzustimmen, die mich andernorts erwarteten.

Als ich das einsame Landhaus wieder erreichte, war es schon weit nach Mitternacht. Mein altes Fahrrad schob ich neben mir her, aber nicht etwa wegen des Alkohols, den ich getrunken hatte, sondern weil einem Reifen auf halber Strecke plötzlich „die Luft ausgegangen war".
Der Mond verschwand immer öfter hinter dunklen, dicken Wolken, die sich in der Ferne über dem Meer aufbauten. Als ich endlich die Haustür erreichte, war der Mond, der sonst die Nächte in den silbernen Glanz seines Lichts tauchte, schon ganz hinter einer schwarzgrauen Wolkenwand verschwunden.

Glücklicherweise war es zur damaligen Zeit nicht üblich, die Haustüren abzuschließen. Schlüssel waren, insbesondere fora vila, also auf dem Lande, so gut wie unbekannt. In der biblischen Finsternis und nach meinem Abschiedstrunk wäre es mir nämlich nicht möglich gewesen, das

Schlüsselloch zu finden.

Ich zündete eine Kerze an und ging schnurstracks ins Schlafzimmer im ersten Stock, wo ich auf dem Bett sofort fest einschlief. Ein Höllenlärm ließ mich irgendwann hochfahren und riss mich gnadenlos aus meinen himmlischen Träumen. Gleich danach öffneten sich ohne weitere Vorankündigung die Schleusen des Himmels und ließen einen heftigen Wolkenbruch herabstürzen, der die Jahrhunderte alten Dachziegel über meinem Kopf wie einen Chor zum Singen brachte. Blitz und Donner wiederholten sich in dichter Folge und erleuchteten das Zimmer mit nervösem Geflacker, und aus den völlig außer Rand und Band geratenen Wolken ergossen sich wahre Sturzbäche.

Im Dunkeln tastete ich mich zu den Jalousien und den weit geöffneten Fenstern, doch bevor ich sie schließen konnte, bekam ich eine Dusche ab. Inmitten dieser Sintflut war nämlich urplötzlich ein heftiger Tramontana-Wind aufgekommen, der den Regen fast waagerecht durch die Fensteröffnungen peitschte. Erst jetzt merkte ich, dass ich noch ganz angekleidet und meine Kleidung pitschnass war. Also hängte ich meine Sachen Stück für Stück an den alten Garderobenständer aus Mahagoni und hoffte und betete, dass sie noch vor meiner Abreise trocknen würden. Andernfalls würde mir nichts anderes übrig bleiben, als in Badehose und Strandschuhen ins Flugzeug zu steigen.

Ich nahm die immer noch brennende Kerze vom Nachttisch, inspizierte das Schlafzimmer und stellte beruhigt fest, dass kein Tropfen des Regengusses durch das Dach gedrungen war.

Am Morgen weckten mich schon in aller Frühe die Vögel, die mit ihrem Konzert euphorisch den neuen Tag bejubelten. Als ich die Jalousien öffnete, begrüßte mich ein wolkenlos blauer Himmel, während sich die Sonne eben am Horizont strahlend aus dem Meer erhob.

Einen Augenblick dachte ich, die nächtliche Sintflut mit Blitz, Donner und Sturm sei nur ein Traum gewesen. Die Wasserlachen überall im Schlafzimmer und meine noch immer nass am Kleiderständer hängende Kleidung überzeugten mich aber eindringlich davon, dass sie Realität gewesen war.

Mit der nassen Kleidung unter dem Arm sprang ich – immer zwei Stufen auf einmal nehmend – die Treppe hinunter, um im Garten zu duschen und die Sachen auf der zwischen zwei Mandelbäumen als Wäscheleine gespannten Schnur in die Sonne zu hängen. Als ich aber unten ankam, rutschte ich auf den Fliesen, auf denen das Wasser stand, aus und schlitterte ein paar Meter durch den Raum, bis ich mit einem stechenden Schmerz im Steißbein auf dem Allerwertesten landete. Wie ein Schlitten setzte ich meine unfreiwillige Rutschpartie durch das Esszimmer fort und wurde schließlich von den Tischbeinen gestoppt.

Auf dem Rücken im Wasser liegend, war ich vor Schmerz und Schreck wie erstarrt. Aus einem Riss, der sich über die gesamte Zimmerdecke zog, fielen unaufhörlich Wassertropfen wie Perlen an einer Schnur. In meinem ganzen Leben hatte ich noch kein solches „Riesenleck" gesehen, für das die Bezeichnung „Mini-Wasserfall" sicher zutreffend gewesen wäre. Über dem Esszimmer befand sich eine Dachterrasse mit einem Abflussrohr, dessen Durchmesser zu klein war, um die in so kurzer Zeit gefallene Regenmenge zu schlucken, so dass das Wasser in einen durch die hohen Tagestemperaturen entstandenen Riss eindrang, der auf die Schnelle nicht zu verschließen war.

Ich rappelte mich im Zeitlupentempo auf und wollte meinen Augen nicht trauen: zur damaligen Zeit reiste ich normalerweise nur mit „leichtem Gepäck", sprich einem Stück Handgepäck, das aus einem handlichen kleinen Koffer bestand. Diesen hatte ich am Nachmittag zuvor für die Reise gepackt und offen auf dem Esszimmertisch stehen gelassen. Das „Riesenleck" hatte ihn in ein Aquarium verwandelt, in dem jetzt mein Flugticket, der Personalausweis und die aufgeweichten Blätter meines Terminkalenders umherschwammen. Jedes Stück Papier war vom Wasser aufgequollen und unlesbar geworden. Ganz unten im Koffer lagen mein Fotoapparat, umständehalber zur „Unterwasserkamera" geworden, ein Mallorquiner Käse und ein ziemlich großes Stück von der Wurstspezialität Sobrasada. Die Tinte der Papiere hatte das Wasser ultramarinblau gefärbt, und auf der Oberfläche schwammen rötliche Fettaugen, die von der Sobrasada stammten.

Mir blieb keine andere Wahl, als den gesamten Inhalt des Koffers zum Trocknen in die Sonne zu legen, wobei ich mich mit dem Gedanken tröstete, dass ich wenigstens nicht gezwungen sein würde, in Badehose und Strandschuhen zu reisen...

Dieser Wassereinbruch wird allerdings in der Galerie meiner Erinnerungen immer einen besonderen Platz einnehmen.

Das Aquarium

Zu den aufregendsten Erlebnissen gehörte es für mich in meiner kleinen Kinderwelt, meine Mutter freitags vormittags im Madrider Stadtteil Chamberí, wo ich mit meinen Eltern lebte, zum Markt in der Nähe unserer Wohnung zu begleiten.

Das emsige Treiben und die Kakophonie in der riesigen Markthalle begeisterten mich: das Hin und Her von Karren und Wägelchen, die mit allen möglichen Waren – vor allem Nahrungsmitteln wie Gemüse, Obst, Fleisch und Fisch – vollgeladen waren, die nicht enden wollenden Schwätzchen der Dienstmädchen, die lebhaften Diskussionen der Hausfrauen und das Geschrei der Händler, die ihre Waren in den höchsten Tönen anpriesen und immer so taten, als bekäme man bei ihnen alles spottbillig, ja so gut wie geschenkt.

Der Höhepunkt unserer unterhaltsamen Runde durch die von Menschen wimmelnde Halle mit ihren vielfältigen Düften und dem manchmal üblen Geruch und penetranten Gestank war für mich immer der obligatorische Gang zum Fischstand mit seinem reichen Angebot an faszinierenden Meeresbewohnern.

Ich drückte meine Nase an den Rand der schrägen, steinernen Auslage, auf der zwischen Eisstücken und Farnblättern weiße und blaue Fische unterschiedlichster Formen und Farben, Mollusken, Krebstiere und Kopffüßer ebenso lagen wie Stücke von großen Thunfischen, Zackenbarschen und Schwertfischen. All diese eindrucksvollen Exemplare der Meeresfauna waren in der vorherigen Nacht auf Lastwagen und zwischen Eisblöcke gepackt aus den galicischen, asturischen und baskischen Häfen angeliefert worden.

Meine Mutter prüfte eingehend das überreiche Angebot. Ohne jede Eile ließ sie sich jedes der ihrer Meinung nach frischesten und appetitlichsten Exemplare aus der Nähe zeigen, bevor sie entschied, welche davon sie in Zeitungspapier wickeln ließ und mit nach Hause nahm. Diese Angewohnheit meiner Mutter erlaubte es mir, die wunderbaren Geschöpfe, die früher oder später in einem Topf oder einer Pfanne und schließlich in unseren Mägen landen würden, genauestens zu betrachten.

Wie oft träumte ich davon, all diese Meeresgeschöpfe vor ihrem tragischen kulinarischen Schicksal zu bewahren, und stellte mir vor, sie in einem riesigen Aquarium in meinem Zimmer zu neuem Leben zu erwecken!

Ein Aquarium für Meeresfische zu kaufen und zu unterhalten, war aber damals ein Luxus, der nur begüterten Aquarianern vorbehalten war. Also blieb ein eigenes Aquarium für mich ein Wunschtraum.

Ich weiß nicht, warum ich eine offenbar angeborene Liebe zu allem habe, was mit dem Meer und seinen Bewohnern zu tun hat, zumal ich ja in der geografischen Mitte der Iberischen Halbinsel in einer der trockensten und am weitesten vom Meer entfernten Gegenden zur Welt kam.

Kaum hatte ich lesen gelernt, ließ ich mir von der verdutzten Bibliothekarin alles geben, was es an Publikationen über Fische und Aquarienkunde gab, und packte es in den Einkaufskorb meiner Mutter, die mich in die Bücherei begleitet hatte, damit mir die Angestellte die Objekte meines brennenden und ungewöhnlichen bibliografischen Interesses überhaupt auslieh. Meine Mutter sah in mir schon einen künftigen Professor für Ichthyologie, während mein Vater, der mich beobachtete, während ich mich in die Lektüre vertiefte, nur scherzhaft meinte, mir würden sicher schon bald Flossen wachsen und überall Schuppen sprießen.

Ganz in die ausgeliehenen Bücher versunken, erfuhr ich, dass der englische Naturwissenschaftler John Ray im 18. Jahrhundert die Fische zum ersten Mal genau beschrieb und dabei auf ichthyologische Werke aus der Renaissance Bezug nahm. Ihm folgten die schwedischen Naturwissenschaftler Peter Artedi und Carl von Linné, von denen einige Fischarten ihre lateinischen Namen haben. Der Vater der modernen Ichthyologie war jedoch der deutsche Arzt Markus Elieser Bloch. Als Ergebnis seiner Studien an über 1500 von ihm gesammelten, präparierten und in Alkohol konservierten Fischen, die er sich zum Teil sogar aus fernen Überseegebieten hatte mitbringen lassen, veröffentlichte er ein zwölfbändiges, umfassendes naturwissenschaftliches Werk über die Fische, das zur wichtigsten Grundlage der modernen Nomenklatur und Systematik der Ichthyologie wurde. Seine Fischsammlung sowie Tafeln mit wissenschaftlichen Daten und wertvolle Kupferstiche befinden sich noch heute im Besitz des Berliner Naturkundemuseums.

In England entdeckte Nathaniel Ward Anfang des 19. Jahrhunderts, dass Pflanzen in einem geschlossenen Glasgefäß überleben konnten.

Diese Gefäße wurden im Viktorianischen Zeitalter Wardian Cases genannt.

Neue Verfahren in der Glasherstellung, dekorativere und ornamentalere Formen sowie die Senkung der Steuer auf Glaserzeugnisse im Jahr 1845 sorgten für eine weitere Verbreitung. Mitte desselben Jahrhunderts entwickelte und veröffentlichte Robert Warington die ersten Konzepte für Süßwasseraquarien, konzentrierte sich aber später auf die Meerwasservariante. Zeitgleich veröffentlichte ein weiterer britischer Naturwissenschaftler, Philip Gosse, seine Bücher The Aquarium und Handbook to the Marine Aquarium und weckte damit in seinem Heimatland nicht nur in der Aristokratie und der Upper Class großes Interesse für die Aquarienhaltung.

Wenige Jahre später veröffentlichte der deutsche Literat Emil Adolf Roßmäßler sein Buch Der See im Glase mit detaillierten und fachkundigen Anweisungen zur Einrichtung und Pflege von Süßwasseraquarien, das sich vor allem an die angehenden Aquarienliebhaber wandte, die im Binnenland und weitab vom Meer lebten. Er empfahl, sich auf heimische Fische zu beschränken. Diese seien zwar nicht unbedingt am schönsten anzuschauen, aber am robustesten und daher geeignet, über längere Zeit problemlos im Aquarium gehalten zu werden.

Das erste öffentliche Aquarium trug die Bezeichnung Fish-House und wurde im Jahr 1853 im Londoner Regent´s Park-Zoo eröffnet. Ungeachtet der durch die jahreszeitlich starken Temperaturschwankungen bedingten technischen Probleme war dort eine beachtliche Zahl Meerestiere aus den englischen Küstengewässern zu finden; so gab es achtundfünfzig Fischarten, fünfundsiebzig Molluskenarten und einundvierzig Krebstierarten. Auch zahlreiche Süßwasserfische konnte der Besucher besichtigen.

Im Jahr 1860 öffnete in Wien der „Aquarien-Salon" seine Pforten und verzeichnete in den ersten drei Monaten über 16000 Besucher. Wenige Jahre später eröffnete König Wilhelm I. das Berliner Aquarium, das eines der weltweit renommiertesten wurde.

Das größte logistische Problem dieser im Binnenland befindlichen Aquarien war ihre regelmäßige Versorgung mit Meerwasser. Die Lösung war gefunden, als Prof. Otto Hermes, damals Leiter des Berliner Aquariums, die Formel zur „künstlichen Herstellung von Meerwasser" entwickelt hatte.

PECES
INVISIBLES

PECES
DE
COLORES

So eindrucksvoll die Aquarien vergangener Jahrhunderte zu ihrer Zeit auch gewesen sein mögen, waren sie doch im Vergleich zu den heutigen kolossalen Meereswelt-Tempeln nur einfache – wenn auch ziemlich große – Fischbecken, aber dennoch reichte mir die Lektüre der historischen Beschreibungen aus, um in meiner blühenden Phantasie das märchenhafteste aller Aquarien entstehen zu lassen. Darin tummelten sich nicht nur die Exemplare vom Fischhändler in der Markthalle von Chamberí, sondern Myriaden von Tieren aus den sieben Weltmeeren...

Anlässlich einer meiner eher seltenen Anwandlungen, etwas Ordnung in das chronische Chaos des Papierwustes zu bringen, in dem vergilbte Manuskripte, Blätter mit ausgebleichter Schrift und im Laufe der Zeit zerknitterte Zeichnungen und Hefte eingehüllt vom muffigen Geruch der Feuchtigkeit geduldig darauf warten, wieder ans Tageslicht geholt zu werden, stieß ich auf ein abgegriffenes Album mit Sammelbildchen. Ich hatte es seit Jahrzehnten nicht in der Hand gehabt, und während ich mit den Fingern vorsichtig über die Bilder strich, kehrte die Erinnerung an meine Schulzeit zurück.

Meine Schulkameraden sammelten mit Feuereifer beispielsweise Bilder von Fußballern, Radrennfahrern und Helden des Automobilsports und von wilden Tieren, gegen die Tarzan in seinen Dschungelabenteuern kämpfen musste.

Die Mädchen hingegen waren versessen auf die Bilder von Filmstars und von Rassehunden, -katzen und -pferden. Die Schule war damals vom Sammelfieber erfasst, und ich beobachtete amüsiert diesen mit hochroten Köpfen und Ohren einhergehenden kollektiven „Bilderwahn".

Rückblickend stelle ich fest, dass die damaligen Szenen bis zu einem gewissen Grad der Hysterie ähnelten, die heutzutage weltweit auf den Börsenparketts herrscht, denn für die gefragtesten Bildchen – vergleichbar den heutigen am höchsten gehandelten Aktien – konnte man sogar Hausaufgaben oder abgeschriebene Schulaufgaben eintauschen.

Seltsamerweise gab es außer mir niemand, der sich für das Sammeln von Bildern der Meeresfauna interessierte. Je exotischer und geheimnisvoller, desto wertvoller waren mir die in den schönsten Farben abgebildeten bunten Fische, Krebstiere, Mollusken, Kopffüßer, Stachelhäuter und Meeressäuger.

Meiner Meinung nach war das allgemeine Desinteresse an allem, was mit dem Meer zu tun hatte, unter anderem darauf zurückzuführen, dass das Meer sehr weit weg und für die meisten meiner Madrider Schulkameraden eine unbekannte Welt war.

Die von mir so geliebten Meeresbildchen waren in das Hüllpapier von Schokoladentafeln einer Schweizer Marke – aber in Asturien hergestellt – eingelegt. Obwohl ich weder in der Schule noch unter den Kindern meines Stadtviertels einen Tauschpartner für die Bilder fand, die ich mehrfach hatte, wollte ich mein Album unbedingt vervollständigen, ganz egal, wie viele Tafeln Schokolade dafür nötig waren.

Folglich hatte ich keine andere Wahl, als diese Schweizer Schokolade Made in Spain bis zum Überdruss in mich hineinzustopfen, wobei sich eine Unzahl von Mehrfachbildern ansammelte. Es dauerte eine gefühlte Ewigkeit, bis die Sammlung endlich komplett war, und kostete mich all meine Peseten-, Zehncéntimo- und sonstigen Münzen, die ich mittels eines rostigen Taschenmessers, das ich eines Tages beim Spielen auf der Ödfläche nahe unsere Wohnung gefunden hatte, mühsam aus meiner Keramik-Sparbüchse herausangelte.

In Ermangelung der finanziellen Mittel zum Kauf eines „echten" Aquariums beschloss ich spontan, mir mit meinen Mehrfachbildchen ein „Trockenaquarium" zu basteln.

Den Schuster an der nächsten Straßenecke bat ich, mir ein paar leere Schuhkartons zu schenken, von denen er ganze Stapel im Hinterzimmer seines Ladens aufbewahrte. Er brachte mir sofort einen kleinen Karren, weil er hoffte, ich würde seine gesamten über die Jahre angehäuften und angeschimmelten Kartonagen mitnehmen.

Ich wählte die stabilsten Kartons aus, die noch nicht von Mäusen angeknabbert waren; die Nager fühlten sich darin so wohl wie die feinen Leute in ihren luxuriösen Wohnungen am Madrider Prachtboulevard Paseo de la Castellana.

Da meine sperrige Fracht weder in den Aufzug für den Transport ins oberste Stockwerk unseres Hauses, geschweige denn in mein kleines Zimmer gepasst hätte, musste ich wohl oder übel zum Taschenmesser greifen und – umgeben von dem für eine Schusterwerkstatt der damaligen Zeit typischen Geruch und Dämmerlicht – die Kartons in Stücke zerschneiden, deren Größe der meiner Sammelbilder entsprach.

Zwischen Jahre alten Spinnweben, neugierigen Schaben und aufgeregten Mäusen bastelte ich, einen nach dem anderen, meine „fliegenden Kartonfische". Mit Leim, den mir auch der Schuhmacher gab, klebte ich auf Vorder- und Rückseite jedes ausgeschnittenen Kartonstücks je eines der Bilder.

Wieder zuhause in meinem Zimmer, hängte ich diese überzähligen Abbildungen von Meerestieren mit Nähgarn, das ich aus dem Nähkästchen meiner Mutter stibitzte, an der Zimmerdecke auf. Noch heute ist es mir ein Rätsel, wie ich es damals schaffte, in zirkusreifer Manier auf drei auf dem Tisch übereinander gestellte Stühle zu klettern, um mit den Händen bis zur Zimmerdecke zu reichen, dort oben das Gleichgewicht zu halten und die zur Befestigung der Fäden gedachten Reißzwecken in den rauhen Deckenputz zu drücken. Wenn ich auf dem Bett lag und nur ganz leicht pustete, begannen sich die Schwärme meiner Meerestiere geräuschlos im Zimmer wie in einem großen Aquarium zu bewegen. So exotisch und farbenfroh sie aber auch waren, vermisste ich doch noch einen passenden Hintergrund, der mein Werk vervollständigen würde. Also ging ich in die Kneipe gegenüber und bat Félix, den Wirt, der ein begeisterter Anhänger des Stierkampfes war, mir einige der großen Plakate zu überlassen, die inzwischen nicht mehr aktuell waren, weil die darauf angekündigten Stierkämpfe längst stattgefunden hatten.

Félix war höchst erfreut über mein plötzliches Interesse an der Kunst des Stierkampfes und schenkte mir einen ganzen Stapel der bunt bedruckten Plakate, der ausgereicht hätte, die gesamte graue und bedrückende Fassade der Nuevos Ministerios zu tapezieren und etwas farbiger zu gestalten. Auf die Rückseite dieser großflächigen Plakate malte ich in lebhaften Farben imaginäre Unterwasserlandschaften mit Algenwäldern, Felsen und Höhlen, Muscheln, Meeresschnecken und Seesternen, und schmückte damit die vier Wände meines Zimmers. Wenngleich diese Installation mit ihrem durchaus künstlerischen Touch den Titel „Trockenaquarium" hätte tragen können, war sie in meiner Phantasie doch eine absolut lebendige Welt, in der es sogar einen „Flamencosänger-Fisch" gab.

Im Gegensatz zu meinen Schulfreunden kannte ich damals das Meer schon recht gut. Bereits als kleiner Junge hatte ich mir im Meer selbst das Schwimmen beigebracht und dabei unfreiwillig literweise salziges Mittelmeerwasser geschluckt, was aber allemal besser war, als das pisalzige Wasser im städtischen Schwimmbad von Madrid zu schlucken, wie es meine Schulkameraden zwangsläufig taten. Ich verbrachte ungezählte Stunden damit, unbekümmert mit ganzen Heerscharen verschiedenster Fische, Kraken, Kalmare, Aale, Krabben und Quallen zu spielen. Mit meiner improvisierten Angelrute und den übrigen selbst gebastelten und primitiven Utensilien ging ich an den einsamen Küsten und unberührten Stränden Mallorcas angeln. Ich muss aber gestehen, dass ich dabei nicht sehr erfolgreich war, sondern in der Mehrzahl der Fälle die Fische nur mit meinen selbstgemachten Ködern fütterte.

Irgendwann kam dann der für mich denkwürdige Tag, an dem es mir meine mühsam erkämpften und sorgsam gehüteten Ersparnisse endlich erlaubten, mir eine Taucherbrille und ein Paar Schwimmflossen zu kaufen. Mit dieser Ausrüstung und heftigem Herzklopfen tauchte ich zum ersten Mal ganz in die türkise Unterwasserwelt ein, die ich voll kindlicher Naivität „mein Aquarium" nannte. Nun konnte ich endlich nach Herzenslust zwischen all dem Meeresgetier herumschwimmen, das ich bis dahin nur von den Sammelbildern kannte, die im fernen Madrid von meiner Zimmerdecke hingen. Am liebsten hätte ich von da an das Wasser überhaupt nicht mehr verlassen, aber Durst, Erschöpfung und Frösteln infolge der langen Aufenthalte unter Wasser zwangen mich doch von Zeit zu Zeit, wieder trockenen Boden unter die Füße, besser gesagt „Flossen", zu bekommen. Was sich meinen neugierigen Blicken dort im Wasser darbot, war noch viel phantastischer als das, was ich mir beim Sammeln der Bildchen mit Meerestieren vorgestellt hatte, und diese Unterwasserwelt zog mich unwiderstehlich in ihren Bann.

Bei den Tauchgängen in „meinem Aquarium" holte ich alle möglichen Muscheln, Meeresschnecken und Korallen nach oben, und einmal, als ich mich so weit hinunter wagte, dass mir fast die Trommelfelle platzten, brachte ich in meinen völlig farblosen Händen sogar ein paar Scherben von phönizischen Amphoren an die Oberfläche.

Es war die mir unvergessliche Zeit, als es in „meinem Aquarium" von Tieren wimmelte und die Meeresfauna noch intakt war. Die Zahl der marinen Spezies war unglaublich groß, denn die „Fabrikschiffe für Tiefkühlfisch" mit ihren kriminellen Schleppnetzen hatten diesen Teil des Mittelmeers noch nicht erreicht und zerstört, und auf den Märkten der Insel war das Angebot an Frischfisch nicht nur reichlich, sondern auch erschwinglich, und nicht wenige Arten, die heute praktisch ausgerottet, sehr teuer oder nur noch in Aquarien zu sehen sind, galten damals als „Armeleuteessen".

Während meiner sommerlichen Schulferien in Cala d´Or begleitete ich einmal meinen Freund Jeroni auf seinem llaüt zum Thunfischfang, einem aufregenden Erlebnis auf hoher See etwa zwölf Meilen vor der Ostküste Mallorcas.

Dieser Seebär, Fischer und Schmuggler hatte nach meinem Empfinden ein unvergleichliches Gespür dafür, wo er gerade die Arten finden konnte, auf die er es abgesehen hatte. Anders war es nicht zu erklären, dass er sein Boot immer genau zu den richtigen Stellen steuerte. Im entscheidenden Augenblick verzog er den Mund mit den gelblichen Zähnen, zwischen denen für gewöhnlich ein feuchter Zigarrenstummel steckte, zu einem siegesgewissen Lächeln. Diese Siegesgewissheit fand ein ums andere Mal ihre Bestätigung, wenn er kurz darauf seine Netze und Leinen einholte und die prächtigsten Exemplare gefangen hatte.

Unsere Fahrt begann in Cala Llonga, dem verträumten Fischerhafen von Cala d´Or, als die Morgendämmerung eben die letzten Sterne erlöschen ließ. Das Boot durchpflügte die friedliche See, bis im Osten die Sonne golden aufging und uns mit ihren ersten Strahlen überschüttete. Jeroni und ich saßen am Heck, umfassten mit den Händen fest die Ruderpinne und genossen die himmlische Ruhe.

Plötzlich begann mein Freund, nervös auf seinem Zigarrenstummel herumzukauen, und brachte das Boot mit einer abrupten Ruderbewegung auf Südkurs. Die Sonne schien uns jetzt fast auf den Rücken, und der alte Seebär setzte die Fahrt, offenbar von seinem Gespür geleitet, unbeirrt fort. Kurze Zeit später wies er mich an, alle Leinen mit ihren Haken an beiden Seiten des Hecks auszuwerfen. Plötzlich spannten sich die Leinen in meinen Händen so heftig, dass ich befürchtete, sie könnten mir die Zeigefinger abschneiden, die dann wie Köder ohne Haken im Meer versinken würden. Jeroni aber forderte mich mit einem Gleichmut, der mich an griechische und römische Statuen erinnerte, auf, die Leinen nacheinander einzuholen, aber gefühlvoll und mit Geduld, was nicht so einfach war, weil die blauen Fische heftig an den Leinen zerrten und der llaüt dadurch immer wieder in unkontrollierbare Bewegungen geriet. Mit einer Hand hielt er das Ruder, damit sich die Leinen nicht in der Schraube verfingen, und mit der anderen zog er die an den Haken hängenden Fische über die Bordwand. Dann holten wir die Leinen ganz ein, befreiten die Thunfische von den Haken und warfen die Köder wieder ins Meer. Innerhalb kurzer Zeit füllte sich das Deck des llaüt mit flossenschlagenden, majestätischen blauen Fischen.

Ich wünschte mir, dieses unvergessliche Abenteuer würde nie enden, doch ein lautes „Schluss für heute" beendete plötzlich meinen Wachtraum, und auf Jeronis Weisung holte ich die letzten Leinen ein, und wir nahmen Kurs auf Cala d´Or. Kaum hatten wir den Bug in Richtung der Festung oberhalb von Cala Llonga ausgerichtet, entdeckte ich dicht neben dem Boot ein paar ungewöhnliche Schatten, die wie im Rhythmus einer geheimnisvollen Melodie durch das Meer glitten.

Protagonisten dieser Choreografie waren Dutzende Delfine, die schließlich an die Oberfläche kamen und uns in einem harmonischen Defilee begleiteten. Angesichts dieses außergewöhnlichen Schauspiels rief ich, während ich bis in die vorderste Bugspitze kletterte, Jeroni zu, dass die Delfine mit uns spielen und uns nach Hause begleiten wollten. Jeroni brach in lautes Gelächter aus, so dass er beinahe das letzte Stückchen seiner Zigarre verschluckt hätte, und erklärte mir, dass die Delfine nur tanzten, um eine Belohnung in Form von Thunfisch zu bekommen, fügte aber gleich mit aller Entschiedenheit hinzu, dass er ihnen keine Belohnung geben werde, weil sie ihm ja auch keine Entschädigung zahlten, wenn sie seine Netze zerrissen.

Was mich betrifft, so war ich von diesen Meeressäugern vom ersten Augenblick an so hingerissen, dass ich am liebsten mit ihnen geschwommen oder wie auf einem Pferd auf ihnen geritten und über alle Weltmeere galoppiert wäre.

Völlig unbekümmert beugte ich mich weit über die Bordwand und hätte beinahe die Rückenflosse eines Delfins zu fassen bekommen, der den Rumpf unseres Bootes leicht berührte. Als ich gerade das Gleichgewicht zu verlieren drohte, warf mich ein heftiger Ruck an der Schulter hintenüber und ließ mich mit dem Kopf auf die Decksplanken zwischen all den Thunfischen prallen. Ich verlor das Bewusstsein, sah mich aber im Traum auf Tausenden Delfinen und begleitet von Sirenen durch mein Aquarium reiten. Das ist aber noch nicht das Ende der Geschichte...

Das Salzwasser, das sich aus einem Eimer über mein Gesicht und meinen Kopf ergoss, und die kurzen, heftigen Flossenschläge der Fische um mich herum bereiteten meinem „Delfintraum" ein jähes Ende.

Während unserer mehrstündigen Rückfahrt nach Cala d´Or blieb ich zwischen den vielen Thunfischen auf den Planken liegen, war sehr benommen und fiel immer wieder in den Traum von meinem märchenhaften Aquarium, in dem sich verspielte Delfine tummelten.

Nachdem Jeroni seinen llaüt an einem seiner Stege festgemacht hatte, beschloss er mit dem Pragmatismus des alten Seebären, dass es an der Zeit war, meinen geistigen Schiffbruch zu beenden und mich mit einer von ihm so bezeichneten „therapeutischen Dusche" wieder ganz in diese Welt zurückzuholen.

Noch etwas durcheinander, half ich meinem Freund, die Dutzende blauen Fische in den Anhänger seiner betagten Moto Guzzi zu laden. Um den Fang vor der unbarmherzigen Sonnenhitze und den aufdringlichen Fliegen zu schützen, bedeckten wir ihn mit einer Plane, die wir an dem selbst gebauten zweirädrigen Gefährt festbanden, das mittels eines Stricks mit Jeronis geliebtem Motorrad verbunden war.

Mir war schleierhaft, wie Jeroni es schaffen wollte, mit einer so schweren Last, die die abgefahrenen und strapazierten Reifen seines kuriosen Anhängers fast platt drückte, die über 15 Kilometer bergauf bis zu seinem Dorf Santanyí zurückzulegen. Ich sah ihm nach, als er in Schlangenlinien und mit lautem Motor auf dem Schotterweg verschwand und eine Staubwolke hinter sich her zog...

Ich machte mich mit einem prächtigen Thunfisch auf jeder Schulter auf den Heimweg, wobei ich wankte wie ein Matrose, der nach langer und stürmischer Seefahrt zum ersten Mal wieder festen Boden unter den Füßen und einige Schnäpse intus hat.

Voller Begeisterung erzählte ich meinen Eltern jede Einzelheit des Fischfangabenteuers, ließ aber meinen Kopfsturz unerwähnt, von dem ich mich noch nicht ganz erholt hatte. Sie waren über die schönen Fische hoch erfreut und fanden, da sie gerne feierten, schnell einen Grund beziehungsweise Vorwand für ein spontanes Fest mit opulentem Abendessen in Form von gegrilltem Thunfisch, zu dem sie ihre Freunde in den weitläufigen Garten ihres Ferienhauses einluden.

Ich fand in dieser Nacht keinen Schlaf, aber nicht wegen des ausgedehnten Abendessens, des reichlichen Weinkonsums und der daraus resultierenden Fröhlichkeit bei Gitarrenspiel und Gesang, sondern wegen meiner aufregenden Begegnung mit den Delfinen auf hoher See. Vom Moment ihres unerwarteten Auftauchens an hatten mich diese herrlichen Meeressäuger verzaubert, und mein größter Wunsch war es, sie wiederzusehen, koste es, was es wolle.

Ich wartete das erste zaghafte Licht der Morgenröte ab, und während noch die letzten angetrunkenen Gäste zwischen Pinien und Gestrüpp heimwärts taumelten, band ich meinen Angelkorb mit Leinen, Haken, Schwimmern, einem Krug Wasser und einer beim Händler direkt abgefüllten Flasche Anisschnaps auf mein Fahrrad. Jeroni hatte mir den Rat gegeben, für Notfälle und Widrigkeiten aller Art immer eine Flasche von seinem Lieblingsschnaps aufs Meer mitzunehmen.

An diesem Morgen herrschte eine starke ablandige Strömung, so dass das Meer ohne Brandung oder Wellengang wie ein Spiegel da lag. Der Wasserspiegel war durch die Strömung ein paar Handbreit gesunken, und der Horizont saugte – so schien es mir – das Meer allmählich und geräuschlos auf.

Die Bedingungen waren also günstig für mich, um mit einem Ruderboot hinauszufahren und mein verrücktes Vorhaben zu verwirklichen. In „meinem Aquarium" herrschte völlige Ruhe und Stille, unterbrochen nur vom monotonen Rhythmus der Ruderschläge und den winzigen Wellen, die mein Bötchen auf die spiegelglatte Fläche zeichnete. Die Festung, die oben auf der Felsnase der Cala Llonga thronte, blieb ebenso zurück wie die Handvoll Häuser, deren Weiß das satte Grün der Kiefern von Cala d´Or unterbrach. Im Osten verteilte die Sonne erste Farbkleckse auf ihrer Himmelspalette, und ich sah, mit offenen Augen träumend, mein Boot inmitten von Delfinschwärmen dahingleiten.

Ein paar Meilen weiter nördlich machte ich nahe der Küste einige llaüts aus und dachte daran, dass die Fischer um diese Zeit immer ihre Netze einholten, um den frischen Fang in die Dörfer und auf die Märkte entlang der Küste zu bringen.

Auf mich aber warteten an diesem unvergesslichen und friedlichen Morgen nicht Jeronis Netze, die für gewöhnlich gefüllt waren mit zappelnden Fischen aller Art, Kalmaren und Langusten. Mir war nämlich klar, dass mein Freund an diesem Tag nicht früh aufgestanden war, nachdem er den phantastischen Thunfischfang vom Vortag mit seiner Familie und seinen Kneipenfreunden ausgiebig gefeiert hatte. Ganz bestimmt lag er noch im Bett und schnarchte, was das Zeug hielt.

Er hätte mit allen Mitteln versucht, mich von meinem Vorhaben abzubringen und meinen aberwitzigen Plan zunichte zu machen, in meinem kleinen Boot aufs offene Meer hinauszufahren und Delfine zu suchen. Ich ruderte unbeirrbar weiter aufs Meer hinaus und war überzeugt, früher oder später auf die Meeressäuger zu stoßen, denen meine ganze Begeisterung galt. Eine Gruppe fliegender Fische kreuzte „im Tiefflug" wenige Meter hinter dem Heck das Kielwasser meines Bötchens und unterbrach kurz meine Träumerei.

Unterdessen fuhren die llaüts in die Bucht von Porto Colom hinein, vorbei an dem prächtigen, blendend weißen Leuchtturm.

Die Silhouette des Gebirgszugs an der Ostküste mit seinen Wahrzeichen – dem Kloster San Salvador und der Burg von Santueri – wurde in der Ferne immer kleiner, und irgendwann verlor ich das Zeitgefühl.

Während meine Ruderblätter die kristallene Oberfläche der glatten See durchschnitten und sich die Umrisse der Insel in der Ferne in nichts aufzulösen schienen, überkam mich ein unbeschreibliches Glücksgefühl. Erst jetzt war ich wirklich allein in „meinem Aquarium", umgeben von einer himmlischen Ruhe.

Die Sonne begann zu stechen und mit ihren Strahlen lange Lichtkegel in die kobaltblaue Tiefe zu werfen.

In meinem Wachtraum sah ich mich nun durch eine phantastische Kathedrale schweben. Einen Moment lang glaubte ich den Schatten meines Bootes in diesem riesigen Tempel zu sehen. In Wirklichkeit war es aber ein großer Rochen, der mich mit majestätischen Flossenschlägen feierlich willkommen hieß, als er unter dem Kiel hindurchschwamm.

Mein weißes, ärmelloses und nassgeschwitztes Hemd klebte mir am Körper. Meine Hände machten sich allmählich schmerzhaft bemerkbar, und in den brennenden Handflächen bildeten sich erste Blasen. Ich ließ die Ruder los, richtete mich auf und schaute immer wieder in alle vier Himmelsrichtungen. So sehr ich aber die scharfe Linie des Horizonts auch absuchte, ich konnte keine Spur meiner geliebten Delfine entdecken.

Erschöpft und enttäuscht zugleich, legte ich die Ruder ins Boot und griff nach der Wasserflasche. Nach ein paar kräftigen Schlucken gab ich mich der Müdigkeit und Enttäuschung geschlagen, ließ mich auf den Boden des Bootes fallen und schlief sofort ein.

Das Klatschen der Wellen gegen das Boot und ihre salzigen Spritzer weckten mich unsanft auf. Ich weiß nicht, wie viele Stunden ich geschlafen hatte. Auf jeden Fall war inzwischen ein kräftiger Tramontana-Wind aufgekommen, der das Meer aufpeitschte. Erschrocken stellte ich fest, dass sich das Gebirge von San Salvador und Santueri klammheimlich nach Norden davongemacht hatte.

Um ganz sicher zu sein, dass ich nicht mehr schlief, schüttete ich mir den Inhalt des bauchigen Kruges über den Kopf und imitierte damit die von meinem Freund Jeroni erfundene „therapeutische Dusche".

Dummerweise war das alles kein Traum. Um die weit entfernte Küste bei diesem Wind zu erreichen, der das Meer aufwühlte und mich nach Süden trieb, blieb mir keine andere Möglichkeit, als mit aller Kraft parallel zu den Wellenkämmen zu rudern. Aber so verbissen ich mich auch mit den Rudern gegen die aufgewühlte See stemmte, die grauen Umrisse der Festung von Cala Llonga entfernten sich immer weiter von meinem Kurs. Ich ruderte verzweifelt, und die weißen Blasen an Handflächen und Fingern platzten auf und sonderten ihren durchsichtigen Inhalt ab. Das Meersalz schlug seine unsichtbaren Zähne unbarmherzig in die wunde Haut, und es dauerte nicht lange, bis sich die

Griffstücke der Ruderholme rot färbten.

Von Nordosten her drohten die ersten riesigen Wolkenberge mit furchterregenden, in schmutzige Ocker- und Violett-Töne getauchten, goyaesken Fratzen und formierten sich zur wilden Jagd auf eine blutrote Sonne, die im Westen allmählich der Dunkelheit das Feld räumte.

Die von Blut und Salzwasser feuchten Ruderholme rutschten mir fast aus den Händen und waren so glitschig wie Aale. Kurz entschlossen zog ich mein von kaltem Angstschweiß nasses Hemd aus und zerriss es in zwei Teile, die ich mit Anisschnaps tränkte und mir um die brennenden Hände wickelte. Bevor ich die Flasche wieder auf dem Boden des Bootes verstaute, genehmigte ich mir ein paar kräftige Schlucke, um Schmerzen und Angst zu bekämpfen, denn mein Kahn befand sich mittlerweile auf Höhe des Kaps Sa Torre und des Leuchtturms von Porto Petro, aber immer noch weit von der Küste entfernt.

Die Wirkung des hochprozentigen Getränks ließ nicht lange auf sich warten. Meine von dem Destillat feuchten Hände brannten zuerst teuflisch und fühlten sich dann taub an, und vom Alkohol benebelt hatte ich plötzlich das Gefühl, sie gehörten nicht mehr zu meinem Körper. In meiner Kehle und Speiseröhre entfachte das höllische Gesöff eine Feuersbrunst, stärkte aber zugleich meinen Durchhaltewillen und mobilisierte meine letzten Kraftreserven.

Ich musste unbedingt Land erreichen, bevor die Nacht ihren undurchsichtigen Mantel über „mein Aquarium" breitete. Im furchteinflößenden Zwielicht zeichneten sich dicht über den Wellenkämmen die Sandstrände von Cala Mondragó und S´Amarador als helle Linien ab. Aber so sehr ich mich auch anstrengte, diese paradiesischen Fleckchen entschwanden immer weiter nach Norden, außerhalb meiner Reichweite.

Ganz mechanisch ruderte ich zwischen den anwachsenden Wellen weiter und wich voll heißer Wut ihren Schaumzungen aus, die immer öfter über die Bordkante leckten. Ich konnte nur noch an Cala Figuera denken, den letzten noch vor mir liegenden Fischerhafen an der Ostküste. Wenn es mir nicht gelänge, ihn zu erreichen, würde meine geliebte Insel der Ruhe wie ein Traumgebilde einfach verschwinden...

Endlich kam der Leuchtturm Torre d´en Beu näher, der mir den Weg in die ausgebreiteten Arme von Cala Figuera wies. Als ich zu meiner Linken, hoch oben in den Felsen unterhalb des Leuchtturms, den Feigenbaum sah, von dem dieses Fleckchen Erde der Sage nach seinen Namen hat, hörte ich auf zu rudern und ließ mich von der hier schon sanften Dünung bis ans Ende einer der beiden kleinen Buchten tragen, die diesen verträumten Naturhafen bilden.

Mit meinem Anker warf ich auch meine Träume über Bord, die der griechischen Mythologie entsprungen waren und in denen ich, dem legendären Sänger und Dichter Arion von Lesbos gleich, auf dem Rücken eines Delfins über das Meer geglitten war.

Bevor ich auf die steinerne Pier kletterte, schüttete ich den restlichen Anisschnaps in das inzwischen wieder ruhige Wasser und versprach dem Meer, es nie wieder „mein Aquarium" zu nennen...

CPSIA information can be obtained
at www.ICGtesting.com
Printed in the USA
BVHW031822180419
545806BV00015B/19/P